弟弟

陳慧

那不是世上最終一隻白馬——序陳慧《弟弟》

楊佳嫻

山田洋次有部電影就叫《弟弟》，我當時是衝著導演與女主角吉永小百合去看的。小百合滿臉溫柔與無奈，弟弟的脫序幾乎像是一場嚴重的撒嬌。那樣的撒嬌，是因為無法抵擋那漂流於家之外的孤獨嗎？

陳慧《弟弟》寫譚可意和譚可樂姊弟，相差十二歲，情感一路變化，因為不同（生理）性別成長的社會期待與自我校正、城市不休止的汰舊換新，也因為與香港進入二十一世紀以後社會運動潮浪相左右。弟弟可樂不見得總是撒嬌的一方，有時候，姊姊可意也多麼需要弟弟的慈愛。當姊姊逐漸脫離學生時光，弟弟長成大人，父親母親或者走遠了但偶然回來，思想上成為陌生人，或者走遠了但真的回來，情感上竟能彼此傾訴扶持。

姊弟都經歷過某種和家告別的過程，卻又從來不是真正漂流於家之外；那孤獨總在可意與可樂重新擁抱攜手時融去一點點，家的意義也在香港屢受磨難的過程裡，反覆改寫其貌與心。而陪著可意走過無數倉皇時光的男友麥可，以及大學好友阿草，連著可樂，一起開設了情調濃厚的「麥草可樂」，是咖啡館，也是文化據點，只做自己開心、覺得有意思的事，這是血緣之家以外的家。

陳慧有意識地讓《弟弟》情節和語言比較鬆活，我想目的是讓讀者盡量享受閱讀樂趣，同時也具體表現出「似水流年」感——忽忽然就焚燒般迎向青春，天火落下來抑鬱與沉靜，來回梭織涼意與暖意，忽忽然又踏進了人生大事和我城大事交見的歲月。《弟弟》裡有幾個時間點特別標出來——

二〇〇三年初夏，所有考生戴著口罩參加中五會考，那是SARS襲擊的痕跡；

二〇〇六年十二月十五日，可意在保衛天星碼頭運動現場看見男友與另一個女孩，挫折離開，隔日清晨從電視中看見碼頭鐘樓遭攔腰鋸下；二〇一二年十月之後可意不再看國慶煙火，那年發生了為觀賞（中共）國慶煙火而導致的船難，三十九人死去；二〇一四年九月二十八日，民眾湧入香港特區政府總部前和平示威，傍晚時警方卻出動了催淚彈，如此緊張且大動作，或許因為十月一日國慶即將到來……小說與現實靠得如此近，因為這是香港小說家的急痛之書，感於強光迫近，海水升高，我城是否將掩沒於有生之年？可意出生於《中英聯合聲明》出台之後，而可樂，正是一九九七年出生的後九七香港之子。然而，人好比珠子鑲嵌在時空脈絡裡，未必只能循軌滾動，還可擦碰、彈跳，試著撞出不一樣的宇宙。

後九七香港之子譚可樂怎樣煉成？保衛天星時，可樂問：「為什麼這碼頭不可以拆，我們不是已經拆了很多其他的東西嗎？」可意說：「要是我們現在沒有好好的把這碼頭保存下來，你將來就不可能在這裡製造你的回憶了。」小說裡這樣補充：「那陣子冒出來一個名詞叫『集體回憶』，我覺得很可悲，回憶還要靠集體之名義，才站得住腳說得下去，太委曲。我的回憶就是我的，誰也不能搶走佔有；我就是要可樂將來有他自己關於天星碼頭的回憶，他不需要其他人的集體回憶。」小說即使依託著歷史，也並非僅僅複寫現實，陳慧鎖定社會變遷裡的人，這些人並不活在「借來的時間，借來的空間」或「浮島」，他們實實在在從島與半島長出來，雙腳牢牢踩住，一步步測繪出生命的長寬。每顆珠子都有它成形時為自己打的繩結、都有它滾動的旅程。

於是，到了雨傘運動時，可樂已經逐漸長成了，一個有點早熟的中學生。這次，他和姊姊都在現場了，「打開的傘紛紛從天橋上落下，被暈黃街燈映照著，一朵一朵，奇異的花，群眾接過就用來遮擋胡椒噴霧」，感官中充斥著暴力前響，「那股辛辣的氣味，還有噴射出來時『嗞、嗞』的聲音。就像毒蛇。時間停頓，事情膠著」。還有佔中後的催淚彈，選舉後的狂喜和絕望。因此，可樂又問了：「有用嗎……？」或許這不算發問，而是一種呼聲從心臟裡擠迫出來，不只可樂問，人人都在問。可意拚命說鼓勵的話，可樂卻回答：「譚可意，妳天真，我愛妳。」什麼令一個青春少年不再相信世界？

小說中引用謝安琪〈家明〉（黃偉文詞），劈頭就說「他出發找最愛／今天也未回來」。可樂未回到可意身邊，她彷彿就失去了在這世上的憑依。找最愛卻鎩羽而歸，可樂這樣的後九七香港之子看到了怎樣的世界？「他不過想要愛差點上斷頭台」、「誰願意為美麗信念坦克也震開」。信念真可以震開坦克嗎？可以驅散催淚彈嗎？可以令你我築起永恆街壘嗎？「家明」，最普通的香港名字，在親戚鄰里、新聞報導、言情小說都可見到，我這一代台灣人必看港片《金枝玉葉》張國榮飾演的角色也叫家明。無數家明在我城裡活著，可樂是家明，人人是家明。歌詞中說「也願你任由他／騎著世上最終一隻白馬」，姊姊對弟弟最不可移易的信賴，就是任由他騎著白馬，騎入硝煙中，出發找最愛。

可意始終執著於保存記憶之所繫，無論二〇〇六年或二〇一四年，都是如此。那是年歲上走得前面一點的香港人對於後來香港人的溫存，像絲線圜轉纏綿。在《弟弟》前三分之一，已看到可意如何眷戀前代人的房屋，敬重祖母腦海裡屬於那一代的香港街道圖，「我的時代廣場是她的電車廠，她和祖父拍拖，在路上一直走一直走，不捨得回家，電車都在排隊進廠，一輛接一輛拐過霎東街，電桿會閃迸出小火花。」這小火花接連開放，從過去到未來，會讓我們看見不只一隻白馬，決不是最後的白馬。

（本文作者為詩人、作家）

時代的縫裡，有圓潤憂傷的珍珠

鄧小樺

「我在很早之前就聽說過，時代有著一道縫，肉眼看不見，人一不小心，就會掉進裡面去……」——陳慧，《弟弟》

《弟弟》是陳慧在二〇一四年雨傘運動之後寫就的小說，在那時，香港正處於被稱為「傘後憂鬱」的時期，經歷催淚彈與長時間街道佔領之後仍未能達到「真普選」的訴求，年輕人以及不少成年人都處於一種抑鬱無力、暗裡暴躁無處發洩的狀態中。而當時香港仍可以自由發表與社運有關的創作，《弟弟》二〇一八年曾於文創APP上連載；而本來像是貓一樣安靜蜷縮專注寫作的作家陳慧，於二〇一八年移居台灣教書，因為她是發起「佔領中環」的「十死士」之一，在運動後遭受打壓，乃移居台灣。

台灣人現在比較熟悉的是香港二〇一九的運動，但其實，沒有二〇一四的醞釀，也不會有二〇一九的波瀾壯闊。而二〇一四的遺產或後遺，還來不及好好梳理，轉眼就到了更天翻地覆更巨大的二〇一九，有更無法核算的遺產與後遺，有更多的人掉進時代的縫中。故事不像新聞，沒有那麼嚴格而傷人的保鮮期限，故事來自過去，卻不會過時；反而，藉著文學的力量，可以彌合一些歷史的空隙，代與代之間的鴻溝。《弟弟》是在時代的縫中的故事，陳慧和故事們，在時代的縫中躺著，傷口流著黝暗的光。感謝台灣的自由，能夠讓《弟弟》出版；我慶幸能夠讀到《弟弟》，它就像珍珠一樣圓潤與憂傷，同時保持文學的光暈。

作家陳慧，第一本著作《拾香紀》，就曾在一九九七年的香港創下銷量奇蹟，並確立陳慧最為人熟識的風格標誌：以青年成長史來講香港史，以流行文化來做歷史敘事的時間戳記（這不啻也是一種對抗官方大敘事的方式），第一身流暢鮮明的敘述角度，配合生活小趣味與感官豐富的細節。不止香港人，台灣讀者也可以從各式流行曲及電影如王菲歌、電影如《無間道》、《阿波羅十三號》、《北非諜影》、漫畫如《GTO》（台譯《麻辣教師》）等等，同時印證歷史與私己的故事，得到新知或共鳴。

如果能夠一直停留在以上雲淡風輕的陳慧風格分析那多好，但在如此亂世，我有更重要的東西要說。《弟弟》較諸陳慧前作，社會大事在小說中佔有更大更重要的篇幅，更大程度地影響了主角可意與弟弟可樂的生命，迥異於此前大部分以旁觀者視角寫及社會大事的香港小說；我想這也是因為陳慧本人走上街頭加入抗爭，有在金鐘等佔領區留守的經驗。《弟弟》中後部分的筆觸濃稠憂傷，我想，這部分才是陳慧寫這篇作品的原因。稍作提醒，陳慧小說並非著重以客觀廣闊的筆法描述整個雨傘運動的來龍去脈，她著重主觀情感的角度，寫一個素來反叛大膽、謀求賺錢自立的姊姊，看著本來溫柔乖順的弟弟走上街頭參與抗爭，投入選舉，弟弟一再遭受挫折而陷入憂鬱，姊姊的生命也被捲起動盪，無法割捨的親情與城市的變化糾結難分。二〇一四已過去八年，二〇一九也過去三年多，此時台灣讀者對香港的同命感與憐惜關注若未退卻，也會進入另一階段，就是透過更多藝術作品包括電影或小說（而非直接的新聞），去觸摸香港，這將涉及更多的情感，更大的真實。看著香港未經梳理的一切內核真實，讀者也會有機會觸碰到他們自身的內核。

每場社會運動都會留下各式各樣的創傷，或巨大或微小，都不容易處理。香港青年作家梁莉姿寫的《日常運動》，寫及二〇一九年的數種「運動傷害」，這些傷害也同時來自於每個個體更深藏的生命脈絡。《弟弟》裡面觸及兩種重要的創傷，一是「傘後憂鬱」，即二〇一四雨傘運動未能迫使港府及中共政府讓步而達成「真普選」，本土思維的青年人透過選舉爭助發聲亦被取消當選的議員資格，社會上不少人都懷有暴躁與鬱結的心情。小說中的弟弟譚可樂，並不特別強壯，面對挫敗與打壓，並不能有回天之力，而小說並不將青年神化，只是讓我們看到青年純樸的執著，並用文學的內在式陳述，探索無能為力又無法想通時，黑暗如潮水將人吞沒的情緒狀態。情緒的起因容或不同（我們不能太輕易地假設二〇一四與二〇一九是一樣的），但情緒的狀態卻很可能相通相近，我們常常就是因此而閱讀文學。甚至台灣社會的「悲情城市」底子，社會結構中仍然暗藏某些威權影子因而令年輕人有感悒鬱頹喪，也可與譚可樂的哀傷失語默然共鳴。

「傘後憂鬱」以青年角色呈現，《弟弟》中還有一種成年人的創傷：無法保護年輕人。敘述者譚可意一生反叛爽脆大膽，但看到弟弟抗爭時反應還是如一般香港人：要他馬上遠離危險，快點回家。這曾導致感情極好的姊弟二人產生疏離：因為二〇一四以來，年輕抗爭者即使面對危險，亦不接受被勸退、乖乖回家，他們以自身的堅執要求關懷他們的人一起抗爭——這種心情在二〇一九發展為更大規模及更堅執，更多成年人被年輕人說服，有更大的團結，也有更多的分割與紛爭產生。譚可意也真的跟隨弟弟開始參與抗爭，但同時亦不放棄要保護弟弟的信念，到危險時，她依舊會想辦法把弟弟運離現場。而弟弟也依舊怪她。《弟弟》有時可視為一個微縮模型，讓我們看到二〇一四至二〇一九年之前，香港人的心理轉折——轉折期的事物狀態可能只是短暫存在，但不代表完全消失，其痕跡經歷都會依然留存。

陳慧曾私下跟我講過，她曾在雨傘運動現場中看到一個少年，心裡十分疼惜他這麼年輕都要出來抗爭，很想上去跟他說一句「細佬，你返屋企啦。」粵語「返屋企」

就是回家，「細佬」就是弟弟，香港有點年紀的人喜歡稱年輕男生作「細佬」或「阿仔」，女生就是「阿妹」或「阿女」。她說這就是整篇小說的起源。作者的親身經歷對小說的營造存在重要影響，比如在抗爭行動衝突嚴重時，陳慧引入教堂與鐘聲，宗教作為矛盾的中和。雨傘運動發起人不少是教徒，宗教的犧牲精神在雨傘運動中扮演重要角色。而小說中相當著重抗爭青年仍須以家庭為背後的靠依、受傷時由家庭來撫慰，我本想取笑說這是巨蟹座陳慧的信念，但轉念想到二〇一九導致許多青年與家庭的撕裂、甚至家庭離散，又覺慘然笑不出來。

二〇一四之後，許多成年人無法像少年們走得那樣前，但不少之後都離開了原來的工作與社會位置，要尋求另一種生活與實踐，這也被陳慧寫進小說裡了。《弟弟》在非常緊張的暗湧中戛然而止，作者大概是在悲觀和樂觀的心理張力中已然盡力了，我卻忍不住想，弟弟可樂可能會長大，後來會在二〇一九有更多的故事。《弟弟》一開始的俐落敘述會讓我想像不到中段會出現這麼濃稠膠著的情緒，至於末部分更是想像不到的緊張，作者讓敘述者可意的生命出現重大的生命選擇、情節變化，對反弟弟可樂對生命的平板絕望之感，在情節與情緒之間形成強烈的張力，而作者以極大的意志堅持不讓這兩者相交到產生平庸的拯救。經歷各種跌宕，可意終於明白，一個懷有極大願望或極度絕望的青年，他呼求的不是保護，而是接受與陪伴。這並不需要上升到什麼普遍的定理法則，只是一個人在自己的處境中面對自己重視的人，而得到的重要領悟。

小說結尾，可意說她要做個坦率的人。面對外在的壓抑與消逝，與內在未及梳理的一切，我們是否真的能夠擁有坦率的能力？而我作為讀者與朋友，都希望《弟弟》與陳慧，與香港讀者與台灣讀者，都能夠隱默形成彼此相互的，接受與陪伴之關係。如果時代真的有縫，我們也可以在那裡好好呆著，互相陪伴，等待黎明來到。

（本文作者為詩人、作家）

目次

那不是世上最終一隻白馬——序陳慧《弟弟》／楊佳嫻 3
時代的縫裡，有圓潤憂傷的珍珠／鄧小樺 8
1 你以為在看情境喜劇其實那是我家 23
2 如果沒長大，我們都活在情境喜劇裡 29
3 你快樂所以我快樂 35
4 除了愛，我一無是處 41
5 一切如常比死更可怕 47
6 我的家鄉 53
7 我們都是騙子，我們互相抵消 59

8 新兒童樂園 65
9 什麼都可以就是不要重複 71
10 我的記憶是我的無人能佔有 77
11 二〇〇六太空漫遊 83
12 寧複雜難攪也不要給悶倒 89
13 當家成為驛站 96
14 物質不滅定律 102
15 生如夏花 108
16 忽然發現了自己的外星人身分 114
17 世界這麼爛 120
18 愛的教育 126

19 有伴就好 132
20 我曾答應好好照看你 138
21 你的茁壯我的萎靡 144
22 星期五的晚上 150
23 世界從此一分為二 156
24 九月二十八日，晴 162
28 我們流連在轉機大堂 168
26 當土地長出錢而不是花 174
27 麥草可樂 180
28 我們從此各散西東 185
29 再次見面之前請保重 191

30 又涼又硬的心 197
31 你我漸行漸遠 203
32 一闋情歌 209
33 時代遍地磚瓦 216
34 譚可樂的退場機制 224
35 你的難過，我都知 231
36 婚期與死期 237
37 Positive 243
38 Negative 249
39 心上的人兒 255
40 永遠的微笑 261

他出發找最愛　今天也未回來

——〈家明〉

1 你以為在看情境喜劇其實那是我家

1\. 一九九七年六月二十五日，我第一次失戀。當時我十二歲。是的，我是記恨的人。記恨的人記性不一定就好，還看那日子如何深植心中。一九九七年六月二十五日，星期三，班主任特別為六年級同學辦歡送會。我預備了禮物給黃樂軒，是王菲的《玩具》EP，因為裡面有一首歌叫〈約定〉，我要向他表白。黃樂軒收下，什麼也沒說，然後，我當時的死黨劉佩芬，送給他一本剛出版的《GTO》。我肯定黃樂軒根本就不知道什麼是GTO，可是，我看著他接過了漫畫，眉開，眼笑。接下來就是黃樂軒告訴劉佩芬，他跟她報讀了同一所中學……哦，我明白了。

正常情況下，恨死劉佩芬和黃樂軒的我，半年後應該就不會記得那一天究竟是幾月幾號，更遑論是星期幾，就算勉強能記住是發生在六月的事情，都只因為那是學期結束的緣故。記憶的關鍵是接下來發生了更重要的事情。

我淚眼婆娑離開了歡送會，沒人追出來。爸爸來接我，我一路上哭著隨爸爸去了醫院。失戀不是急症，只因為媽媽臨盆待產。我和爸爸到達的時候，護士說，已經生了。爸爸陪著剛從產房出來的媽媽，我隨著護士到了育嬰室，一室的初生嬰兒哭得震天，我有些擔心會吵醒弟弟，只見他打了個呵欠，果然醒過來了，轉頭看見我，竟是咧嘴笑。

我看著這粉嫩的弟弟，心裡說不出的歡喜。

我問爸爸，叫他可樂好不好？當時我真的以為黃樂軒是我生命裡最重要的人。

我是譚可意，他是我弟弟譚可樂，我永遠記得一九九七年六月二十五日，那是我失戀的日子，那是我弟弟出生的日子。

2.

打從一開始我就喜歡譚可樂。我愛我弟弟的一切，其他嬰兒都是霸道的，吵得不得了，譚可樂他哭起來卻是叫人心疼，那聲音微小而震抖，一下一下，嗚、嗚嗚，好像一口氣都回不過來似的，彷彿你不理他，他就會像路邊雛貓一樣孤單地死掉。爸爸拍下很多我穿上中學校服抱著可樂的照片，從襁褓到可樂的脊骨壯起來能坐在我臂彎跟我面貼著面。爸爸把這些照片沖曬成黑白的，我和可樂盯視鏡頭的樣子，就像鏡頭後的人是聒噪的遊客，打擾了我和弟弟平靜的原鄉生活。

我和可樂之間的親密，跟很多姊弟不一樣，我們從來沒有搶玩具和食物，我們不會爭吵打架，我比他長十二歲，我怎麼能不疼他呢？還有就是，我那時候剛升上中學，打從學校所在，同學、老師、課程內容以至我的表現，都不是我想要的，比較合心水[1]的，只有校服的樣式。每天在學校裡，就等著下課鈴響，十次下課鈴響過後就可以回家見到可樂。可樂看著我的神情，說不清楚，彷彿他都明白似的，他還會用小手輕輕碰一下我的面龐，就像他真的知道我在學校裡過得有多不痛快。然

1 合心水，合心意。

後，我會發現他又有了微小的變化，就是又長大了一點點。那段日子裡，能讓我放下學校裡的挫折，在我的生活裡還能賦予意義的，就是跟可樂在一起。

媽媽也是我和可樂親近的原因之一。

在可樂一歲半之前，媽媽讓我以為「坐月」是一種病。她染了這種病一年有多，病癥就跟重感冒一樣，一天到晚都在睡，一臉累和厭世；她都拒絕抱可樂。於是我每天放學回到家裡，就是抱著可樂；吃喝玩樂做功課都是抱著可樂。後來上街買東西，也會抱著可樂。爸爸會莫名其妙用力擁緊抱著可樂的我，然後說：「謝謝妳。」我記得我曾經問爸爸，你是不是哭了？傷感的爸爸和懂事的我都會把對方嚇怕，於是我們就大聲地笑著打哈哈。我很常做的一件事情，就是把臉埋在可樂小小的懷裡，大力地吹氣，可樂一定會咭咭笑，我樂此不疲。爸爸說我就像某種氣體上癮症的患者，我們如此營造了歡樂之家的氛圍。

我記得大概是弟弟滿月的日子，來了個親戚，才進門就嫌房子裡都是弟弟的奶羶味。我一直瞪她，甚至跟她鬥嘴，我說弟弟是香的，最後把她轟走。爸爸要教訓我，說我護著弟弟他能理解，不過，叭叭叭叭……我打斷爸爸的廢話，我說你攪錯了，我理直氣壯，我真心覺得弟弟是香的。

我跟譚可樂是一見鍾情。我是相信一見鍾情的。

3.

忽然有一天，媽媽的「坐月病」不藥而癒。她沒再整天蜷在床上，卻是一天到晚抱著可樂往街上跑。

我很不高興。

媽媽帶著可樂上街就是購物，她買回來很多可樂穿了兩個星期就不合身的衣物。我不是生氣她買東西給可樂不買給我，而是她盡在買這些不實用的東西，爸爸會跟她吵，可樂很敏感，他們吵架，他會把面埋在我懷裡，嚶嚶地哭。

每逢可樂這樣哭，我就格外地心疼。

然後，他們鬧離婚。爸媽從來沒親口跟我說過他們要離婚，只是爸爸天天晚上在廠裡睡，而廠裡根本沒加班，金融風暴嘛好不好？你騙誰？媽媽就老是在我面前嘀咕，要不是妳，我早就跑掉。就是在埋怨我的意思，請問我什麼時候妨著妳逃家了？為什麼都是我的錯？又會跟可樂說，你乖，媽媽到哪裡都會帶著你……

爸媽以為我的智商和推理能力跟他們一般低，我決定先下手為強。

接下來發生的事情，竟然有點喜鬧劇的味道，那是爸媽和我都始料不及的。

2 如果沒長大，我們都活在情境喜劇裡

1\. 前年跟小單、阿草組公司，忙到三個人同吃同宿，我想到的其中一個宣傳點子，就是將攝錄機放在兩百呎[2]的辦公室裡，把我們猶如家人一樣既親密又古怪兼互相廝殺的實況，放在網上即時播放。笑中有淚，迴響很大。後來的大客戶「家庭創意」就是這樣撈回來的。小單問我靈感何來，我說，家庭最美好的狀態，就是以情境喜劇的方式來呈現。他以為他聽明白了，還咬定我的成長就是一齣溫情喜劇。

——家庭是一齣情境喜劇沒錯，只是前提要看你有沒有長大；你要是長大了，這齣

2 六坪不到。

情境喜劇就變調了。

我長大了；我和可樂一塊長大。

2.

我根本不在乎爸媽是否要離婚，真心實意。長大之後有遇上他們鬧意見的時刻，我會說，你們離婚呀。說的時候不卑不亢，誠懇寬容，他們聽了就乖乖坐下講道理。

十三歲的時候，不是不在乎，根本是反感——你們相親相愛我就可以快樂起來嗎？我的面上就不長暗瘡了？我的班主任就不會找我的碴？我的同學就不會莫名其妙給臭臉我看？我就不用擔心成績的事情？我的日子就會多姿多采？我按弦的指頭就可以不結繭……？你們要不要離婚在我的宇宙裡根本就是另一個銀河系的事情好不好？我要面對的三千噸難題還是得我自己去解決呀。所以，拜託，別說什麼你為了我所以才如何如何的廢話。

當時最令我抓狂的，是媽有可能抱著可樂逃家。

我變得神經質，下課就趕著回家，是撲回去的姿勢。可樂一定要在我的視線範圍。

那陣子莫名其妙就會掉眼淚，可樂剛學走路，蹬著腿一小步一小步走過來給我擦面龐，我的心更酸了，決定要帶著可樂逃出生天。

暑假剛開始，我跟爸爸要錢，報名參加夏令營。一共報了四個，日期緊接，一個完了去另一個，長洲、赤柱、上水、東涌。可樂太乖，營友和在營裡工作的人都喜歡跟他玩。營友以為可樂是工作人員的家屬，工作人員以為他是導師帶來的，沒人覺得營裡多住著一個歲半小孩有不妥。

爸爸媽媽只知道我去了夏令營，申請書他們都拿在手上看過，可是什麼機構辦的、營舍在什麼地方，他們全都記不起來。

我還沒有離開長洲，警察就找來了。女警要從我手中抱過可樂，可樂真乖，這會兒他才哭得震天價響，他們只好仍是讓我抱著可樂到警署。

爸媽來了，氣急敗壞。叔叔、姑媽跟阿姨、舅父也來了，擠滿了警署的報案室。我是從那會兒發現自己原來有種特質，就是無論多讓人窘迫焦慮的景況，只要人多起來，我反而變得坦然，不再害怕。這種情況最早出現在幼兒期，候診室裡，一夥小孩子在等打防疫針，我看著有這麼多小孩跟我在一塊，決不是只我一人要吃痛，就沒有什麼好怕的了。這些年來我做了很多讓人意想不到的事情，就是這樣的一種狀態，四年前跑到馬路上去，其實也是如此。大家七嘴八舌，我反而淡定下來，平靜地跟他們交代；爸媽要離婚，我不要跟可樂分開。大人面面相覷，這樣的倫理劇情，我的少年犯身分一下子轉換成受害人。

媽媽覺著難堪，上前要抱可樂，可是可樂不要她，死命抓緊我的衣領。媽媽終於大哭起來。爸爸一下將媽媽、我和可樂擁在懷中，不住地說著對不起。

起碼爸媽和親戚們是很感動啦。

從此我們一家四口，在別人眼中，就是熬得過考驗的親密家庭；甚至，居然羨慕我們有這麼戲劇化的經歷。

我從中學會了，無論什麼事情，只要是喜劇收場，大家就不會跟你計較。還有就是，錢，很重要。

3. 可樂應該沒有這段被我拐帶的記憶，只是這些年來他不斷聽爸媽和親戚說起，而每次複述都補充、創作了好些連我自己都不知道的細節，益發像是一場頑童歷險記，奇異的冒險。

可樂三歲不到就被送進幼稚園，從此不再是天真爛漫的嬰兒。自從他聽了跟我出走的故事而且記住了，每逢在學校遇上小挫折，就會收拾他的小背包，纏住我要我帶他離家出走。

我會詐裝同意，無非就是帶他到他沒去過的地方逛一下，或是帶他到雪糕店去。最後可樂幾乎都忘了出門是為了離家出走。

究竟是可樂易哄，還是他騙我帶他上街？我還沒攪清楚，可樂就已經長大了。

升上中四之後，我選了理科，方向漸漸出來，踏實少了浮躁。漸漸也交上了好幾個感情要好的朋友，其中之一就是小單。那時候跟小單有點男女朋友的味道，會問對方做些什麼要去那裡諸如此類。小單當時很不高興我去那裡都帶著可樂，我不以為然，心裡想你要是受不了就不要跟我在一起。過沒多久就傳出小單去追求聯校活動結識的女校領袖生，我一點也沒有傷感難過，心安理得地繼續帶著可樂四處逛，可見這並不是一場愛戀。阿單當然很快就失戀，可樂就說，單哥哥不要難過，我陪你……把阿單弄得感動莫名。

阿單當時就說，真羨慕你們這姊弟倆。他是想有可樂當弟弟，還是他希望有我這樣的姊姊？我一直都沒問清楚。總之，這樣的姊弟跟家庭，好像只有在外國的情境喜劇裡才會出現。

我大概就是從那時候開始學會朝人「哼」一聲冷笑。

3 你快樂所以我快樂

1\. 我在中三的時候忽然拔高了三吋[3]，換上便服帶著兩歲多的可樂上街，會讓一些莫名其妙的人以為我是未婚媽媽。

他們對我的態度，是一堂學校沒教的通識課——他們居然以責問的眼光打量我，或，無視我的存在而以憐憫的表情逗玩可樂。我想你們有病了是不是？你們的感情真有那麼豐沛洶湧嗎？這算是同情心？你們先去理解一下「感同身受」好不好（那時候我也未懂得「同理心」）？就算我真是未婚媽媽關你屁事？你憑什麼判斷我？

3 約八公分。

你憑什麼盯我盯得我渾身不自在？未婚懷孕原來是罪？你明明是陌生人可是你以為我犯了錯就可以瞧不起我……？

有一次，爸爸讓我和可樂逛商場，說好了兩小時後來接我們，他在商場旁邊的辦公大樓裡看牙醫。豈料他十分鐘不到就回到我跟前，當時我正在教可樂認出櫥窗裡的史努比，爸爸一言不發在我懷裡抱過可樂，以幾近逃亡的狼狽姿態領著我離開。爸爸連牙醫也不看了，要立刻載我和可樂回家。爸爸駕著車子，走一條他閉上眼都會認得的馬路，卻連連錯過了要轉彎駛入的路口，可見真是心情惡劣。回到家裡，依然牙痛著的爸爸口齒不清跟媽媽說，他回頭到精品店門前找我和可樂，想給零錢讓我們去吃雪糕，就聽見身旁一對男女在議論我，說我一定是未婚媽媽，他只覺難堪……

我不明白，陌生人攪錯了，把他的心情弄壞，為什麼卻是我和可樂不可以繼續逛商場吃雪糕？

更離譜的是，爸爸說，以後如果沒有爸媽或其他大人作伴，我不可以單獨帶可樂上街。

我—理—你—我—不—是—譚—可—意。完。

譚可樂話都沒能說清楚，但我知道他就是支持我；他總有辦法跟著我出門，哭鬧或是拒絕別人接近，就差沒跟我一塊上學。我摸著他的小光頭說，譚可樂，你的叛逆期來得太早啦。那段日子也是爸媽吵得最兇的時候。

大人好多偏見，他們就是橫蠻荒謬。我真心希望永遠不要成為大人——當時確信，不要長大，是一件自己說了算的事情。

2.

可樂在我念中五那一年升讀小一，就在我念的那所中學的附屬小學。其實可樂應該晚一年才念小一，他才剛滿五歲，是媽媽千方百計把他弄進小學，我真的不明白為什麼要急著念書？可樂當然是跟著我一塊上學，他說，他等了這一天很久。我已經聽慣他這種哄我的調調，當時的我還沒太明白男生，也就不太察覺可樂跟其他男孩心思的不同。很快老師們和我身邊的同學都認識了譚可樂，他們總是悄悄給他買小玩具、零食，把他當成自己最小的弟弟。甚至有我不認識的同學，專程在小息[4]時走到我的課室外張望。可樂在學校裡成了名人。我從那時候起就常跟可樂說，你好幸福。說的時候是由衷感恩，也有些時候夾雜著莫名淡淡的酸味；可樂每次聽見我這樣說，就只會傻笑，笑得雙眼瞇成腰果。可樂才六歲，就有花癲女生跟他說，你快些長大姊姊要嫁給你……我在旁邊聽了翻白眼，知道可樂日後鐵定當上萬人迷。

然後就有不識相的人跟我說，欸，妳跟妳弟弟一點也不像。我瞪回去，你什麼意思？我心裡早把說話的人凌遲處死。我妒忌嗎？不，你們無論多喜愛可樂，都不及我疼他的分量。

有時候我會跟可樂訴苦，為什麼我不能像你一般人見人愛？當然我知道我就是兇，但兇也有兇的真誠和可愛嘛。

可樂總是很堅定地糾正我，不是，跟妳想的不一樣，他們是喜愛妳所以才接受我。

我從來沒去驗證他的說法，究竟他是擺脫不了哄人的腔調、還是他從小習慣了要討好我？總之，我信了。我由衷冀望，他會因為我的緣故，享受到不是憑個人努力就能得到的。那才是真正的幸福，那才是我當他姊姊的意義，那才是我能理直氣壯說出「對，我就是寵我弟弟」的原委。

——所以，無論發生什麼事情，我會動用我所有的金錢、才智、人脈去幫助可樂。問我為什麼的，我一律斷交。

3.

我沒看完整本《紅樓夢》，都會明白不能把男生養成賈寶玉的道理，我樂意當他身邊最兇的人。

我的兇是有道理的，我既無視爸媽，堅持要把可樂帶在身邊，我就得對可樂負責——他必須乾淨、有禮貌、不吵鬧、不搶人家的玩具、不帶麻煩給別人。別問我為什麼會有這樣的想法，我那時候才十五、六歲。大概因為我討厭骯髒、沒禮貌、吵鬧、跟人家搶玩具、老是帶麻煩給別人的小孩。我不要可樂當令人討厭的小孩；己所不欲，勿施於人。就是這樣。

我兇，可是可樂還是愛黏著我。他寧願在自修室玩手指都不要跟外傭待在家裡。外傭總是無視可樂，她會滿足他的要求，開電視或是開雪櫃，但她從不跟可樂說話，她看待他如她過去照顧過的痴呆老人或寵物。那是我們家裡第一次聘外傭，媽媽一直投訴說照顧我們很累。外傭來了之後，媽媽又回復一天到晚都在睡。可樂愛黏我，不難明白。

有一天，我完成了無限艱難的化學測驗回到家裡，人就有點放鬆，穿著睡袍的媽媽從我身邊經過，我開玩笑，說，妳又坐月了？樹懶似的媽媽忽然揚手給我一個耳光。我呆了一呆，回頭看見身後的可樂，他明顯嚇壞了，我上前拉著他的小手，若無其事繼續在媽媽身邊走過，跟媽媽說，晚安。可樂看看我，又看看媽媽，大概他以為自己看錯了，懂事地親了媽媽的面龐。

——只要媽媽不再在可樂面前跟爸爸吵就好。

當時當然不懂什麼叫童年陰影。

4 除了愛，我一無是處

1. 每隔兩、三個月，我會偶爾靜靜躺在冰涼的地上——通常就是人有點沮喪、莫名其妙感到孤單的時候（不是說了莫名其妙嗎？你就省點力不要問為什麼好不好？你不會鬧沮喪算你本事啦好不好？）——我可以就這樣躺著，一個下午或一個晚上，通常翌日就會有感冒發燒的癥狀，當熱度退去，無以名狀的傷感亦告一段落。也不是每次都要發燒作結，有時候，我躺在那裡，會想像沒有可樂的日子——從黃樂軒選了劉佩芬不要我開始。可樂不在的話，我就沒有那麼容易忘了黃樂軒，我會難過很久很久。在中學一年級那段沒交上幾個朋友的日子，沒有可樂來給我移情，我想我會憂鬱[5]而焦躁。我沒有當上姊姊，大概就會一直都是那個沉默怕事的女孩。沒有人跟我作伴，我一個人走在街上會不自在。我大概很快會當了誰誰誰的女友，會被形容為被寵壞的獨生女吧？心裡想著什麼，也不能輕易地簡單俐落對別人說清楚，被甩的話，或許只是躲著小聲地哭，最後應該會當上人家口中的怪女孩⋯⋯

每當想到這種種，我就會從地上爬起來，去找可樂抱一抱。可樂發現我在流淚，會一動不動，良久，然後試探地用小手輕輕拍我的頭。就像我在他傷心時做的一樣。

後來我會跟安明拍拖，大概是因為他在校門口看著我和可樂手拉手離去時，開玩笑大喊的一句話——苦海孤雛，等我，我會來孤兒院救你們的⋯⋯

不知如何，話說到我心坎裡，忘也忘不了。

學校的授課內容裡沒包括愛情，抓不住規則的東西令我無措甚至震驚。只知道比「喜歡」又複雜了許多，我討厭其中的不確定性。最後我的結論是，愛情無色無味，就像關在房間裡的一朵薄雲，一不小心打開窗戶，就會被風吹走或是氣化⋯⋯

縱使如此，我對愛情還是有著小小的憧憬——我和我愛的人，還有可樂，永遠生活在一起。

2.

二〇〇三年初夏，中五會考，最深刻的事情是所有考生戴著口罩答試題。很多戴眼鏡的考生一抬頭，眼鏡片上一層霧氣，看什麼也不會看得清楚，旁人看著也覺得慘。從來沒看見過那麼大批人一起戴口罩，像科幻片。很慘淡的科幻片；一點點的悲壯，滲著殘酷與憂傷。

那段日子的香港有著驚慄片的況味。我記得四月初仍會帶著可樂上街，有一天，下午，銅鑼灣崇光門外，紅燈轉綠，過馬路的時候居然不用左閃右避。迎面走來只有三、兩途人[6]，對視的眼光就像我們已被強蠻的外族征服，只能在擦肩而過時彼此憐憫一下。我忽然從心裡生出很毛的感覺，立刻帶可樂回家，並且吩咐家傭不可以帶可樂出外。

6 途人，路人。

那也是我印象中，在香港能看見陌生人的眼光裡滲著溫柔和憐憫的時刻。在這之後，我都沒再看見過那樣的眼神。

當時我的心頭整天迴蕩著同一旋律，就是陳奕迅的〈人來人往〉。我的隨身聽裡不停重播著這首歌，每逢在地鐵月台聽到「感激車站裡尚有月台 能讓我們滿足到落淚」，我的眼淚就會洶湧而至。這實在很詭異，我距離就業還有好幾個年頭，也無從想像多年後重遇舊情人的光景，可是我的心神、情感卻沉溺在這曲詞中，彷彿我真的要跟什麼道別了的樣子。安明問，其實妳是不是拉拉？為什麼會代入一首以男生第一身唱出的流行曲？

我當下就決定要跟安明分手。本來我想到中七畢業時才跟他提出分手。

不知道。心裡有種想法，就是覺得中七是一個階段的過去，老早就想好，只能跟安明走到中七。不是我不愛安明，我就是這樣想的，沒辦法，現在提早發生而已。

安明說，大家心情都不好，我不跟妳計較，過了這段日子再算。

那時候家裡的電視全天候只選播新聞台，畫面下方不停更新各區感染人數。開始有人因疫症死亡。大家都戴上口罩，我只看到他們的眼睛，善良的迷茫的惶然的多情的眼睛。生平第一次，我感受到生而為人的重量。爸媽不許我上街，但我依然堅持到圖書館去，獨自，畢竟可樂真的小。我戴上口罩，堅持著我的日常作息；大人不明白，我對抗的不是他們，是沙士[7]。我也是從那時候開始養成了一個人上電影院的習慣。後來這成為我的力量與策略，在最惡劣的狀態下，保持正常運作。

3.

我在電影院裡認識了阿達，他年紀比我大，說自己在念電影，還差一年就畢業。他和我在電影院旁邊的咖啡廳說了很多關於電影的事情。其實都是他說我在聽啦，我不介意，有人陪著就好。

我對阿達，確實是有點不公平的，我和他很快就有了親暱的感覺以至舉動；我是在不能把可樂帶在身邊的日子，用他來填補獨自上街的突兀與空虛感。我們在一個星期內跑完情侶的流程，牽手、接吻、擁抱、做愛、分手。我想阿達對我們的交往發

7 沙士，SARS，非典型肺炎。

展，應該是會感到措手不及的，以致在最初的時候，他說了太多無法自圓其說的個人資料與經歷。這也是我們分手的原因。阿達只是很想拍電影，而不是電影學院的學生。

——要做到自己渴望的事情，真的有那麼難嗎？你又不是想飛或是到月球去，事情都是按部就班做出來的。過程裡了解自己真的沒有那個能力，也就放棄好了，當一個觀眾也很好呀，電影值得你不為什麼只是愛看呀……

我在跟阿達分手的時候，說了以上的一番話。以致後來我每逢在電影院裡與他偶遇，他都用敵視的眼光瞪著我。

過沒多久，我就跟一個貨真價實的電影學院學生拍拖。我叫他姆明[8]，他像嘛，我也是在電影院裡認識他的。我想我跟姆明拍拖，其實只是出於一種補償的心態。

8 Moomin，台灣譯名為「嚕嚕米」。

5 一切如常比死更可怕

1\.

姆明之後就是阿樹。

阿樹的名字裡根本沒樹字，最早的時候，我叫他四棵樹，後來就叫他阿樹。四棵樹原名是林佑林，他的朋友都叫他四條木，但我喜歡樹。我跟阿樹不是在電影院裡認識的，在自修室裡。瘟疫來了，可我們還是要考會考，沮喪歸沮喪，總不能天天孵在電影院裡，末世的生活方式太奢侈。於是我每隔一、兩天還是會帶上三文治到自修室去呆一整天。那時候的自修室都沒人，我一個人可以佔一整張長桌，可是阿樹偏偏挑了我旁邊的位置。他的意圖明顯得惹人討厭，他一靠近我就換位置，可是我只要走開一會，他又會換到我身邊來，隔一、兩個座位那樣子。我們這樣追追逐逐了大概有兩週。有一天，他在我站起來正要離開的時候，悄無聲息挪到我身邊的位子上，我嚇了一跳，他接著做的事情才真的讓我震驚。

他摘下他的口罩。

我莫名其妙就從討厭他，忽然變成了覺得他很勇敢。還有，我看清楚了，他長得很好看，有點像媽媽很喜歡的韓星元斌。

他就那樣坐在我身旁仰著頭盯著我，好一會，我被他盯得有點呆呆的，大概是覺得禮貌吧，我也把我的口罩摘掉。然後，他笑了。他真的很好看。

是阿樹教會我踩滑板的。我的技術到現在還可以從樓梯上滑下來。

戴著口罩的我們肆無忌憚。

2.

疫症在兩個多月後告一段落，除下口罩，大家一切如常。疫症期間我一共交了三個男朋友，就是這樣。

我怪罪天氣太熱，人也就煩躁。就算看見阿樹笑，心裡也軟不下來，我解釋說我擔心能否原校升讀中六。成績出來了，我可以原校升讀，我依然煩躁。我知道有些什麼不一樣了。阿樹苦苦哀求，只要我不跟他提分手。我益發煩躁了，我和你一生一世又怎樣？外面的世界已經不一樣了，阿樹你明白不明白？你不要問我有些什麼不一樣，你自己就不會感受了嗎？

那天是公眾假期，阿樹一早約了我看戲，可是我心緒不寧，彷彿遺忘了些什麼，又說不清楚。本來是約在太古城，輾轉到了銅鑼灣，甫離開地鐵站，只見滿街都是穿黑衣的人。我忽然明白了，惱恨自己忘了這個大家約定的日子。

我匆匆走進時裝店買了一件黑T恤換上，走到街上，隊伍仍在。阿樹有些不知所措，就說想要回家，我說隨你。隊伍仍在。他回到家裡給我發訊息，說要回到街上找我，我說隨你。阿樹說他到了，問我在那裡，隊伍仍在，只是我和阿樹再沒碰面。

那天的人群，蜿蜒不知幾公里，沒盡頭似的。隊伍仍在。

深夜，我一身汗臭回到家裡，爸看著我，什麼也沒說，他的眼神我看慣了，就是我不同意但我也懶得罵妳的意思。我微微錯愕著，因為一九八九年的時候，是他領著四歲的我上街抗議的……

第二天，早晨餐桌上，他用抹牛油的餐刀指著電視螢幕裡若無其事笑意盈盈跟記者說早晨的特首，說，你看，有什麼用？

我打從心底生出了反感。

我回過神來就看見可樂怔怔地看著我，他看懂了我對爸爸的不滿。

3.

可樂開始學小提琴。媽媽說人人都會鋼琴，可樂學小提琴，將來考高檔學校，勝算高一點。我一言不發將我這些年的壓歲錢全提出來，給可樂買了一把四分之一的大提琴，並且替他交了學費。

我不喜歡可樂下巴挾著小提琴的樣子。他也不喜歡。

那年暑假都是我陪著可樂去上大提琴課，可樂會小聲問我，妳又沒拖拍啦？我沒答他，他就自言自語似的說，不拍拖好哇可以多些陪可樂……可樂上課用的是《鈴木大提琴教本》，他已經在拉〈Doxology〉，爸媽才發現他在學的是大提琴不是小提琴。媽媽吵了一陣，爸爸根本沒空理會。

爸爸在忙著跟舅父開藥房。

爸爸的塑料加工廠在去年年頭已是經營不下去，他每天仍是回到無人工作的廠房去，因為不想窩在家裡。到了九月，廠房所在的工廈單位都要賣掉，最後要到了十一月，把價碼再下調才賣得出去。那陣子我最深刻的一件事情，就是爸爸看了很多遍《無間道》。

爸爸本來是一年只進電影院一、兩次，從前無非就是帶著我看暑期檔的合家歡電影。他會看《無間道》，最早是因為舅父留下了一隻翻版光碟在我們家裡。媽媽只有這一個弟弟，但我和爸爸都看他不順眼，他明明是一個貨真價實的香港人，偏偏所有東西都要到深圳去買翻版貨。就連他的女朋友，他也是這樣向我們介紹的——「人人說她是翻版蔡少芬」。救命。媽媽也說這個弟弟是他們家的一個翻版貨，跟外公、外婆和四個姊姊一點都不像；一天到晚只會鑽營，亂搭關係，從來沒有正職，賺的錢都是不乾不淨的。可是舅父偏偏就是媽媽家裡最富有、最有辦法的一個。我本來以為爸爸是嫌翻版碟的質素差，所以才到電影院裡再看，可是，媽媽告訴我，爸爸看了五遍以上，有一次還拉著舅父陪他。舅父？陪爸爸？舅父陪爸爸真金白銀到電影院裡去看了《無問道》？這事情要多怪異有多怪異。我沒念過心理學也知道爸爸再這樣下去會有病，說不準已經有了。

然後爸爸就跟我們說，他要跟舅父合夥做生意。我當時以為爸爸說笑，爸爸你要當無問道是不是？只是爸爸接著跟我們說的，我笑不出來。

爸爸不停說「啱趴」，說啱趴的種種好處，說只要啱趴來了，生意和商機都回來了，一切都會跟從前一樣。我聽得心裡涼了半截，我爸爸沒病，他說的「啱趴」是「CEPA (Mainland and Hong Kong Closer Economic Partnership Arrangement)」，中文是「內地與香港關於建立更緊密經貿關係的安排」。

——真的一切都會跟從前一樣嗎？

6 我的家鄉

1.

我記得我曾經問過爸爸，《無間道》有那麼好看嗎？爸爸說，真的好看，我說不清楚的，戲裡都說明白了。那是什麼？爸爸沉吟良久，說，好人都死光了。我聽了，像給人迫著吞了一片薄薄的看上去很像黑朱古力的鉛。

之後爸爸就似是那種有了頓悟的人，就是一種我什麼都明白的樣子，至於你們是否明白他做的事情，他卻是再也不在乎了。

爸爸不在乎到一個地步，就是居然會跟舅舅合夥做生意。開始的時候，媽媽也看不過眼；她是覺得爸爸這兩年都在逆境中，還要跟舅舅在一起，那不是真的要更觸霉頭嗎？直至藥店開張，三個月不到開第二間分店，媽媽眉開眼笑，覺得爸爸跟舅舅都是眼光獨到的人。

賺到錢就沒問題了嗎？

第二間藥店開張的時候，我和可樂都跟著媽媽去了。舅舅找了人在門前舞獅，熱鬧得很。但我就是投入不進去，總覺得這不是爸爸真心要做的事情，他是塑膠家用品的專家，他設計的兩用儲水瓶還得過獎呢，怎麼會去賣藥呢？是有什麼不可告人的苦衷嗎？茫然間回頭看見媽媽在瞪我，就想起媽媽曾罵我是敗興的人；人人興高采烈拍照開香檳，我就掩眼說害怕給瓶塞射進眼裡。我就是這樣的人。我看見可樂擠在大人的腳旁，沒人注意到他，只我看到他的惶然。

我領著可樂離開藥店，沒人在背後把我們叫住。苦海孤雛。

我和可樂去了祖母家。從藥店直走到街角，拐個彎，過馬路，再走兩分鐘，就到了。

2.

其實並不是很久之前，三年前罷了，我在週末常領著可樂來探望祖父母。爸媽不來，他們在吵架。祖父母會帶我和可樂去吃點心，他們愛去的那間酒家的點心，在其他酒樓不常吃到。其中一款是上湯粉果[9]。粉果炸香了，吃的時候，挾著放在盛了上湯的碗裡泡一下。可樂剛學說話，會說，果果要沖涼。祖父母聽了，笑逐顏開。我隱約體會著，悲喜交集。

祖父很愛逛街，就是無目的地在街上蹓躂。祖母膝蓋痛，他會把祖母先送回家，然後領著我和可樂四處閒晃，邊走邊告訴我們，這裡從前是誰的店，再之前是一幢怎樣的房子，更早之前，就是光禿禿的山……我們的路線大都是從祖父母家出發，繞利園山道，上南華會，沿加路連山道，經大球場下坡，走過東院道，到大坑。祖父會請我和可樂在粥店吃一碟腸粉，吩咐我們吃完自己去圖書館，然後他就自個打道回府。有時候會走遠一點，反方向，從禮頓道經過板球會，往跑馬地走，終點是墳場。我很喜歡這墳場，當時我還沒去過歐洲，但就覺得這墓園裡就是歐洲的感覺。

9 上湯粉果，廣東茶樓的點心。

祖父很厲害，他能認出楊衢雲的墓碑，那只是斷柱，也沒名字，但祖父就是知道很多這樣的事情。

有一次，有人問可樂的家鄉是那裡，他答，銅鑼灣。我覺得他答得一點都沒差，曾經，我在這裡閒逛也心滿意足，從熱鬧的市街到夾道兩旁都是樹的清幽小街，這小區就像玩具城市一樣什麼都有。後來大家常掛在嘴邊的，療癒，就是這樣，我的最愛；我的家鄉。

所以我分外討厭爸爸開藥店的事情。

祖父如果知道爸爸在銅鑼灣開藥店，他一定會很生氣。幸好他死了。

爸爸並沒有將開藥店的事情告訴祖母。祖母現在很少上街，鎮日躺在床上。每次我去看她，幾乎都是這樣的過程：就是她會跟我說，哦，來了？我們一起去吃雲吞麵。待我拿著外出的衣服回到她床邊，她已經睡著。

也好，我不用告訴她後街的雲吞麵店已經不在了。

藥店開張之後，我和可樂比往日更常來祖母家，那裡是躲藏的地方。門一關上，就算窗外又熱又嘈吵，室內彷彿仍是我年紀很小的時刻。清涼時光。

跟祖母聊天很費勁，因為她的腦海裡有一張我和可樂都沒有的街道圖。她記憶裡的小區面貌，跟我們走過看見的完全不一樣。我的時代廣場是她的電車廠，她和祖父拍拖，在路上一直走一直走，不捨得回家，電車都在排隊進廠，一輛接一輛拐過霎東街，電桿會閃迸出小火花。我很努力的去想像她和祖父的生活空間，就像那是一場奇幻歷程，又像是某種珍貴的結晶。

祖母是在清晨時分離世的，當天下午，爸爸就找來了房地產代理，要把家鄉的房子賣掉。

我跟自己說，長大就長大吧，也沒什麼好怕的，只要不像他就可以了。

3.

秋天稍瞬即逝。

爸爸賣掉祖母的房子時，我以為此生再也無緣走進去，只能將房子裡的一切封印在腦海裡，就我一個好好記住。我每天放學故意繞遠路去搭巴士，從祖母房子的對街走過，只為了抬頭看一眼無人的房子。然後，有一天，我看見竹棚搭起來，綠色紗網張開，裝修工人一點一點地整修祖母的房子。改頭換面；彷彿我的記憶正被施以消融之刑。兩個星期過去，我發現他們把祖母的窗戶換成更古老的木窗櫺樣式，我不禁好奇，這裡會住進怎樣的人家？

又過了幾天，除去紗網，竹棚準備拆掉，油漆匠在房子外牆畫上招牌。原來，誰也不會住進去，那裡變成了一間咖啡店。我大吃一驚，祖母的房子變成咖啡店。

接下來的幾天，我天天放學就走到這咖啡店的對街抬頭張望，確定了它是在營業。只是我說不清楚，明明那座大廈那部電梯那道大門我熟悉得不得了，可我就是有些怯，始終不敢走進去。

我回家除下校服換上便服，跟可樂說，來，我們去祖母的房子逛一逛。

7 我們都是騙子，我們互相抵消

1\.
我和可樂站在那道熟悉的大門前，有點不知所措。我想要伸手進口袋掏鎖匙，可樂拉住我，他盯住咖啡室豎在門邊的燈箱，讀上面他認得的字——快、樂、小。他們將門漆成白色，祖母大概會認為不吉利。我伸手碰門把，一碰它就打開了，沒想到他們終於把大門的門鉸修理好，還在門上裝置了鈴鐺。我不住提醒自己，這已經不是祖母的房子。

穿著西式僕役制服的女孩聞聲上前招呼我和可樂，她在前引路，領我們走過玄關走廊進到房子裡去。我按壓住一把將她推開的衝動，才走沒幾步，抬眼間我和可樂都驚呆了，我們以為出現了記憶與現實的重疊。半晌終於攪清楚，咖啡室居然保留了大部分祖母的家具作佈置陳設。長沙發、書架、大衣櫥、書桌、梳妝枱和放洋酒、杯具的砵櫃，還有一些舊唱片和書刊雜誌，只是它們都不在原來的位置上。我看著這些祖父母曾經使用的家具，莫名只想別過臉去，彷彿害怕被它們認出了我和可樂。我對爸爸的反感無以復加。房子只是牆壁地板天花板，賣了也就是賣掉一個空間而已，然而他把家具一併賣掉，那可是祖父母的生活日常，能賣的嗎？我無法原諒。

我走到窗邊，一看就知道那木窗櫺是偽裝的古老。

我站在那裡，瞪著被錯置的一切，當時大概就是一副要上門尋釁滋擾的樣子，女侍感到不安，召來另一名男侍招呼我和可樂。

這男的侃侃而談，介紹店中陳設，他說，老闆很愛舊物，花了不少時間從不同地方收集回來……可樂張口想要告訴他這些東西都是祖父母的，我伸手掩住可樂的嘴巴。可樂喝了熱朱古力，吃了一口馬德蓮貝殼蛋糕，就乖乖的什麼也沒再說。我堅持什麼也不吃不喝，把自己當成被冥王誘拐的普西芬妮[10]（那陣子我在看希臘神話）。

我看著本來裝著祖母圍巾與手帕的抽屜，現在被用來放餐具。憤怒漸漸止息，我安靜地流淚，終於明白「原來過得很快樂，只我一人未發覺」是這樣的滋味。我終於體會，所謂，過去。那是我生命之中一個重要的下午，只有可樂在我身邊。

女侍怎樣也無法將抽屜打開。我知道。我上前，用膝蓋輕輕頂住，往上托一下，抽屜輕鬆被拉開。他們都目瞪口呆，我什麼也沒說，就由得他們以為我力氣很大好了。

2.

之後我和可樂常常到「小小快樂」，無人知曉我們和房子的連結。我嫌爸媽煩人就上咖啡店去，那時媽媽也投入藥店的經營，她如魚得水，說終於找到讓她發揮所長的地方。我當他們的女兒愈久，愈對他們感覺陌生。

---

10 農業之神狄蜜特的女兒普西芬妮因被誘吃了來自冥府的食物，從此半年在人間，半年在在冥府，也是四季的由來。

我在「小小快樂」學會喝咖啡，餐牌上黑咖啡最廉宜。

可樂愛在長沙發上躺平睡午覺，就像祖父當年一樣。有時候會帶上他的家課，我則在追《鋼之鍊金術師》，看完漫畫再下載動畫，莫名就是能寄託、平伏我的情緒。我明白別人如何打量我和可樂。開始的時候，男侍帶著試探的語氣，問，妳的小孩要吃蛋糕嗎？我沒解釋，可樂看著我，機伶地不說什麼只是點頭。從此他愛上了吃馬德蓮貝殼蛋糕。

然後我發現叫阿森的男侍對我跟其他人有點不一樣；他沒算我的帳。我和可樂在小小快樂咖啡店白吃白喝。

可樂小聲問我，妳跟阿森哥哥拍拖？我不抗拒這樣的說法。我喜歡跟和我背景不一樣的人來往，他們讓我知曉，現實比海洋公園的機動遊戲刺激好玩。

我和可樂都喜歡阿森，他是少數不抗拒我將可樂帶在身邊的男生。

爸媽終於也發現了我和可樂整天不在家，問我帶可樂到那兒去了？可樂快樂地告訴他們，我們到祖母家裡去了。爸媽跟可樂瞪眼，以為可樂在胡扯。可樂生氣地說，你們為什麼不相信我？

「你們為什麼不相信我？」，後來成為了可樂的口頭禪。

3.

我沒告訴阿森，咖啡店其實是祖母的房子，我的家庭背景並不如他想像的低下與複雜……也沒跟他說爸爸剛買了寶馬山上的三房兩廳單位，下月就會搬進去……更沒告訴他，我九月就會升讀大學。在別人已有了既定看法的時候，我不知道該如何讓他們重新認識我。後來我知道，這將是一生都在學習的功課。

有一天，我和可樂來到咖啡店，發現長沙發不見了。可樂開始哭。女侍應告訴我，老闆把長沙發賣掉了。我到這會兒才理解，「小小快樂」其實是一所家具雜物店，店東喜愛舊物只是一種招徠，放在這裡的所有物件，都有價碼，都可變賣。包括祖父母的家具。女侍應面對我的怒火有點無奈，最後她說，妳問阿森吧。為什麼要問阿森？阿森是店東呀。

可樂嚎哭，我向阿森咆哮，為什麼要賣了我家的長沙發？阿森氣憤，妳怎麼都沒說這是妳祖母的房子？我說你也沒告訴我，「小小快樂」的店東其實是你。他說他害怕我要倚靠他。

——他害怕我要倚靠他。他還說他愛我呢。

我們就這樣互相抵消了；謊言互相抵消、快樂與共同製造的記憶並曾經的情愛也一併抵消。之後的一段日子，我遠遠避開祖母房子所在的街道，那段日子長得我都幾乎忘了祖母的房子就在那裡，以致我猛然驚覺抬頭一看，才發現那裡已變成女士內衣店。人們告訴我，女士內衣店之前是美容中心，美容中心之前是另一間咖啡店……後來我曾經在銅鑼灣與阿森擦肩而過，我認得他，而我相信他已認不出我。

我們就這樣互相抵消，如同什麼也沒有發生過一樣。

8 新兒童樂園

1.

可樂依然每天都嚷著要去祖母的房子，我跟他說，你等我，九月，我帶你去新樂園，你要有耐性……

我跟剛滿八歲的孩子說，你要有耐性……，而他居然不再哭鬧。我當時並未察覺其中的不可思議，可樂比我更早知道希望的意義。他後來跟我說，那是我相信妳的緣故。

相信。

那年九月，我如願搬進大學宿舍。

我入讀大學這事情，在我的記憶與人生分章中，絕對不及搬進宿舍重要。我終於遠離父母，獨立生活。生平第一次，我的想像與現實完全契合，體會過這樣的痛快，讓我知道我可以在任何的逆境中拼搏存活下去，只要我有想像的能力。我告訴可樂，想像是翅膀，是一對別人看不見但你就是知道你有的翅膀。

打從爸爸經營藥房、把祖母的房子賣掉，接下來的兩年，時光稍瞬即逝。並不是說我念中六、七有多忙碌，所以時間過得分外快速，而是日子毫無重量，每一天都粗糙麻木。我什麼都沒記住，就連電影、歌曲也沒有多少能停駐心頭。我開了臉書，更覺日子如一盤污水，潑出去就潑出去，毫不足惜。能令我在散漫中稍稍收斂心神的，就是知道進了大學後我就能從家裡搬出去，於是我重新專注在課業上。

我沒拍拖，除了有時候真是悶得慌，想有人陪著一起溫習之外。我的成績最後總算能讓我勉強擠進大學裡去。我答應可樂的事情我做到了，將他帶進了另一所兒童樂園，這令我隱約感受到對另一個人負責的滿足與力量。

2.

我原本分配到本科生宿舍，但為了可樂的緣故，我選擇了校方在校園以外的租借物業。那基本就跟自行租住房屋無分別，但看在父母眼裡，我就是住在大學的宿舍。

那是暑假的尾聲，我讓可樂在我的宿舍留宿。那天晚上我們在夜深上街吃甜品，然後帶著他繞了蘭桂坊走了一圈；基本上就不是八歲孩子應該有的暑期生活。第二天送他回家的時候，他雙眼通紅。我跟可樂說，你一定要快快長大，長大了考進大學，就可以從家裡搬出去了。

後來可樂跟爸媽和家裡親戚說，他一定要念大學。大家覺得這小孩真長進，我心裡駭笑不止。他們要是往下問，問可樂為什麼要讀大學，只怕可樂的答案會把他們嚇呆。

我只想快些過完接下來的四年，還有，我要選讀可以穩賺錢的學科。

新聘的家傭金姨有些懶，她既非菲籍也不是印尼籍，是舅父從鄉下帶出來的中年婦人。本來讓她在藥房幫忙，媽媽嫌她不夠機靈，見她會做家務又會燒菜，就叫她到家裡當家傭。原本外傭住的房間，就改裝了讓可樂住。連沒有魚肉的魚肉燒賣也吃得津津有味的可樂，都會說這位金姨煮的食物很恐怖，因為她炆的雞翼未熟就上桌，咬開有血水。她把可樂變成食慾不振的萎靡小孩。這位阿姨唯一的好處就是，我在電話裡跟她說，我會接可樂放學，她也懶得去跟媽媽印證一下，就由得可樂隨我去。可樂很快學會獨個去搭專線小巴，我在宿舍所在的路口接他就可以。

我沒教過可樂，可是路上的陌生人跟他搭訕，他總是堅持自己已經十二歲，只是長得矮。他獨個在路上走，會懂得裝出六年級小學生的姿態。我問可樂，你是如何琢磨出來的？他說，想像自己在趕著上補習學校，一臉夠累了你別來煩我的表情就可以。

3.

阿草打從一開始就叫可樂「江湖騙子」。阿草會對可樂說，騙子，你別跟你姊姊那一套，進大學不是只為了從家裡搬出來住，還有其他更好玩的事情哦，姊姊慢慢教你……

阿草是與我同住的三個女生中，最早跟我混熟的人，也是我在大學認識的第一個朋友。阿草是念建築學系的，無論成績還是相貌，我都比她差一大截，但她告訴我，她做什麼事情都草草了事，身邊的女孩又一個個都長得花一樣，於是她乾脆叫自己阿草。說的時候還吃吃笑。我喜歡阿草。後來我跟她成為伙伴與搭檔，很清楚她辦事情一點也不馬虎，她只是比很多人對自己有更高的要求，還有，比聰明才智更重要的，就是她有幽默感。

阿草沒有教可樂其他更好玩的事情，她只是當了他的褓姆。阿草這個褓姆好得可樂有了新的口頭禪，就是「阿草說」。

有一天，駕著車子經過西環的爸爸，看見穿著校服的可樂，在海傍蹦蹦跳跳，在他身旁的不是金姨，也不是我——用他的說法——是不男不女的後生，他大吃一驚，把車子丟在路旁就衝馬路去拉走可樂。車子沒泊好，就被一輛拐彎出來的車子撞了。爸爸很生氣，說不清楚是為了車子挨撞，還是因為我讓可樂跟著他沒見過的阿草在街上玩。他一直罵我，罵他不認識的阿草，罵金姨，最後連媽媽和可樂都罵了。

那天晚上我和爸爸都扯大喉嚨回對方的話，不停把家裡的門摔來摔去，砰砰砰砰。媽媽要我跟爸爸道歉，她說爸爸擔心可樂被擄才會這樣。我驚訝得說不出話，我們家已經到了這樣的地步嗎？媽媽說，不是要非常有錢才會遇上這樣的事情，爸爸在東莞的生意朋友，只是訂貨做代銷的生意，就曾經遇上孩子被擄要付十萬元贖金的事情。我說這是香港耶，媽媽瞪了我一眼，兩手攤開，就是「那又如何」的表情，我只有震驚。

我跟爸爸說，阿草是建築系的高材生，已經拿到獎學金明年去阿姆斯特丹當交換生。爸爸的臉色緩和了不少，沉吟之後問，她跟妳是不是一對？我斬釘截鐵答，不是。爸爸的氣就消了。我心裡浮上了一片不屑。

我問躲在被窩裡的可樂，你和阿草到西環海傍幹什麼？他說，我們去看日落。我好奇，你們昨天前天大前天都說去看日落，你們看日落看上癮了？可樂眨眨眼，妳明天來跟我們一塊看就知道了。

9 什麼都可以就是不要重複

1. 第二天，我蹺了課，隨阿草、可樂蹓躂到海邊。阿草帶著她的相機，遠遠地隨手拍我和可樂。她朝我和可樂大聲嚷，一對街童。我看著海和天、遠處的山、大橋、渡洋的貨輪、靠岸船泊和閒逛的人，只覺得這樣的風景看久了，人的心會軟。

夕陽西沉，我看不出當中的奧祕。阿草問可樂，明天還要來看嗎？可樂堅定地答，要。阿草又問，你不是已經看過日落了嗎？為什麼明天還要來看？問的時候斜睨著我。可樂說，沒有一個日落是相同的。

阿草說，妳弟弟是寶，他教會我很多。

我呆住了。沒有一個日落是相同的。

阿草和可樂坐在我身邊，我們就這樣靜靜看著漫天落霞，沒說一句話，可是我內心激動。我都好像不曾有過這麼大的發現；聰明是天生的，那只是祖上的功勞，然而性情卻是出於自己的選擇，那是如何看待這個世界的方法。

謝謝妳，阿草。謝謝你，可樂。

街燈亮起，我悲從中來，非關夕陽，日落天天都有，我赫然發現，在我的回憶裡，從來不曾有過這樣的黃昏。無所事事的黃昏，專程去岸邊看日落的黃昏，看一切都是美好的黃昏……我沒有。我小時候的黃昏總是氣急敗壞，總是在趕路，總是餓著肚子，黃昏裡有太多等待完成的事情；作業、補習、練琴……我年紀很小就知道血糖下降的癥狀。沒有什麼可以把日子留住，沒有什麼值得記下，就連笑聲都是零碎的，我的童年記憶如此枯槁乏味，猶如一把灰土。或許這就是我如今對所有事物都缺乏耐性的緣故，我什麼都不怕，就怕日復一日的重複。

學系裡有個學姊，家庭背景好到不得了，念書成績又好，循規蹈矩地長大，事先張揚畢業那天退了宿舍就去跳樓。我明白，只是我明白她的苦悶也幫不了她。

我只想可樂能記住這樣的瞬間——稍瞬即逝的金黃斜暉，他的快樂，阿草的笑聲，我的淚光；美好善良得就像王菲唱的〈人間〉——在他長大之後，在他黯淡的未來，但願這些碎片能在他的生活裡發出微小而獨特的光芒。

2.

我一向認為，可樂是我們這一家能得到的最大的禮物。爸媽當然不會這樣想，否則就不會一直碎碎念可樂，說他的成績比我差。媽媽是這樣說的——你姊已經不算出色，你怎麼可以比她更差？——這是從何而來的古怪而歹毒的觀念？居然將親生兒女貶低來作比較？我跟可樂說，媽有超能力，她說一句話，就能一口氣打擊兩個人。媽看著我們二人嘰嘰咕咕在笑就更生氣，吩咐金姨以後管接管送，不可以讓我隨便帶可樂出去玩。

金姨其實跟我和可樂一樣，對媽媽的吩咐很不樂意，因為她把可樂丟給我，就可以去做自己的事情；帶水貨、做傳銷、跳奇怪的舞。

媽媽卻是寧願多付錢給金姨，都不願可樂跟著我四處跑。

我已經不生氣了，只是泛起了淡淡的無以名狀的恨意。我會故意把媽媽新買回來的衣服塞在我的替換衣物裡帶到宿舍，待季節過去再帶回家，這完全符合媽媽一直對我的看法，就是粗心大意，我可以連解釋都省掉。我打開雪櫃，漫不經心地將本來放在冷凍儲藏格的花膠[11]放在蔬菜箱裡，待媽媽發現的時候，大袋花膠已變壞，媽媽怪金姨，我第一時間跳出來承認錯誤。是的，我粗心大意。我分得很清楚，我恨媽媽，但不至於腹黑。

為了可樂的緣故，我待在家裡的時間比宿舍多，有種陪他坐牢的感覺。可樂不明白，我說，我怕你待在金姨身邊久了，人會變笨。我把零食和小玩意藏在不同的角落，在我不能陪他的日子裡，就讓他自己去找出來。在我不能帶著他四處遊玩的日子裡，他可能一整天都沒笑過，沒人會介意這樣的事實，而他只是一個孩子。我不要他只有刻板的作息，我不要他將來大學畢業就去跳樓。

中學階段結束之後，我第一樁去做的事情就是去把頭髮漂染。後來每逢有傷心的時

11 花膠，高級乾貨。

刻，我就去染髮，記得那顏色，卻忘了令我難過的事由。陪可樂獃在家裡的日子，我染髮的次數更頻密，就等著看媽的表情，還有那厭惡的一句，鬼五馬六。聽著就心裡痛快。可樂每次都問我，這是什麼顏色？於是我記住了各種顏色的名字，不是單純的紅、黃、藍、綠，每個色階裡還有複雜微妙的層次，我都教給可樂。淡紫紅、銀紅、茜紅、鴨黃、橘黃、杏黃、琥珀、水藍、湖藍、灰藍、豆綠、油綠。可樂知道當中的差別。媽媽卻說，這孩子愈來愈挑剔。

我只能跟可樂說，你快快長大。阿草聽到我這樣跟可樂說，搖搖頭，回一句，妳好毒。

3.

那段日子總有莫名的挫折，非關課業，總覺得自己的聲音是微小的，明明是很好的想法，卻總有被人忽略的感覺。那時候最令我生氣的一句話就是，認真就輸了。

我就是認真，那又怎樣？

我是在老鬼營裡遇上小黑的。他比我小兩歲，一見面就是對的感覺，怎麼說呢？我覺得他像可樂，弟弟的感覺。所以一開始就是毫無生分，也沒有因為心裡喜歡那個人，於是所有事情都變得生硬不自在。他很自然就跟我黏在一起，我說你介意讓別人知道我的年紀比你大嗎？他想都沒想就答，不會呀。我說，我是認真的。他「嗯」了一下，就是這樣，我們開始交往。

我知道小黑打從一開始就喜歡我，他什麼事情都來問我的意見，總愛跟我黏在一起，讓我為他出主意，衣食住行。我和小黑的交往是那麼的自然，直至我老是撞見他和別的女生在一起。

10 我的記憶是我的無人能佔有

1\. 可樂問我，可意妳不快樂？我微微詫異，除了因為問題的內容，還有就是，我的弟弟從什麼時候起直呼我的名字而不是叫我「姊」？是在我要他快快長大的時候嗎？

我摸一下他的頭，我說，我不是不快樂，我只是有點累。

我都是這樣回答他的——啊，我只是有點累有點餓，或，我只是有點孤單，只一點點，感覺而已，最重要的是，我不是不快樂。

然後，有一天，可樂對我說，妳餓，妳累，妳孤單，難道妳還快樂得起來嗎？我的眼淚落下來。可樂沒有伸手為我擦眼淚，他只是看著我。我問他，你有喜歡的女生了嗎？他沒答我，仍是那樣靜靜地看著我，像看著另一顆星球上瑰奇而脆弱的生物。他果然長大了。為什麼我不能承認我不快樂？因為要是承認了，也就是說我跟小黑存在著很多惱人的問題。

我跟可樂說，你不明白，不過你總有一天會明白，不是今天，也不是明天，總有一天，你逃也逃不了，有一天你明白了，到時不要找我問怎樣回到不明白的光景。

我想起來了，自從可樂知道小黑私底下叫我「姊」，他就開始叫我可意。

大概在我和小黑交往了半年之後，小黑在朋友、同學面前，也不避嫌很直接地就喊我「姊」。我跟他說，我不自在。我一認真跟他說話，他就虛怯了，陪笑解釋只是說溜了嘴，以後不會了。在我面前畏縮的小黑，令我心裡有被硌了一下的感覺；就好像我忽然真的當了他的姊，而不是他心愛的女人。

我也是漸漸才明白愛裡竟然還有這許多的層次；我無法分辨，究竟小黑需要我、還是愛我比較好。

我跟小黑說，我不快樂。我清楚看見他眼神裡快速閃過的一抹迷茫，只是他很快化身為歡樂大使，不理會我是否同意，拖拉著我去做一堆笨拙荒唐幼稚的事情，好像長途跋涉到機場去假裝離港然後吃昂貴的快餐、在深夜的西環碼頭叫囂、把馬路上的改道牌子搬到相反的方向去、偷走超級市場的購物車……開始的時候我會覺得無聊和討厭，然後，我發現我居然在哈哈大笑，而且還是打從心裡。

嗯，別想太多，我是快樂的。我對自己說，有時候就別把層次的事情攪得太複雜精密，反正愛情又不是一枚手表。

——手表比愛情靠譜得多了。

2.

可樂快十歲，整個人看上去拔高了許多，一量之下才發現比去年長高了七公分。他仍在拉大提琴，同時打籃球。過去媽媽一定說不可以，因為手指有機會受傷，那就不可以繼續拉琴了。但她知道了可樂打籃球卻沒發飆，因為她很忙，比爸爸更忙，忙著進貨，全是來自韓、日、台的化妝品。

爸爸則常常隨舅父到國內，「建立關係」，是他的說法。於是，我家出現了自可樂出生之後未曾有過的和諧景象，因為爸媽根本沒空碰面，吵架也總要面對面吧？每逢假期節日，我們總會一家團聚，時間有限，都拿來說賺錢的事情。夫婦二人不約而同認為如今是開啟了人生新一頁，人到中年，才找到自己的志向。我坐在旁邊，就算心裡有多反感多不認同，都不會讓爸媽臉上難看。他們起碼做對了一件事情，就是從小把我教養成有禮貌講道理的小朋友。我好歹知道我現在的生活，比很多人舒適優渥很多，這多少是爸媽的功勞。

爸媽的現況給了我奇怪的啟示，就是少碰面是維繫關係的方法。我把這方法用在我和小黑身上，於是我們又快快樂樂地相愛了好一會。

3.

當時我在忙「保衛天星」。可樂問，為什麼這碼頭不可以拆，我們不是已經拆了很多其他的東西嗎？我說，要是我們現在沒有好好的把這碼頭保存下來，你將來就不可能在這裡製造你的回憶了。

我有不止一張照片在天星碼頭外拍攝，其中一張，照片中的我大概只有三歲，穿著泡泡裙，身邊是祖母，在我們身後停著一部人力車，車伕正向外國人招徠。我當時當然不知道那是什麼，但後來當我看這照片，我就知道人力車與車伕，原來曾經與我共存於同一的時空。

那陣子冒出來一個名詞叫「集體回憶」，我覺得很可悲，回憶還要靠集體之名義，才站得住腳說得下去，太委曲。我的回憶就是我的，誰也不能搶走佔有；我就是要可樂將來有他自己關於天星碼頭的回憶，他不需要其他人的集體回憶。

我偷偷把可樂帶過去碼頭一次，他看見鐘樓上投影出來的兩個大字，「救我」，怔怔地說不出話。他說他想回家，因為他覺得很難過。我告訴他，哥哥姊姊不是為了自己，是為了讓他將來在這地方可以有他自己的記憶。可樂似懂非懂。

我就從那時候開始，一直留在碼頭。我每天都會跟小黑通電話，他都會說打氣的話，我覺得這樣很好，他忙他的，我忙我的。

直至我在碼頭上遇見小黑。

那幾天碼頭上的氣氛有些緊張，當我看見小黑，心裡先是一股暖意，我以為他特意來看我。可是，小黑別過臉去，裝作沒看見我。我像給關在冰天雪地的門外，風颯颯如刀。我看見他和女孩在一起。那女孩我認得，也是每天都到碼頭上來的，跟我們不是同一所大學。我想了一下，走上前去，在我身邊的阿草要拉我可是沒拉住。我遠遠就能感到小黑的坐立不安。我是真的了解這小子。我到了他身後，他知道逃不過去了，回過頭來，若無其事的跟我打了個招呼，然後，他身邊的女孩，伸出手來，很自然的樣子，抱住了小黑的腰，朝我說，呀，我知道妳，妳是他姊……

我動手要抽她耳光，這一次阿草把我拉住了，拉著我離開了現場。

11 二〇〇六太空漫遊

1.
我記得很清楚——不因為我記恨——看見小黑和女生在碼頭上的那一天，是二〇〇六年十二月十五日。我記得，是因為接下來發生的事情。

阿草強行把我自小黑和女孩面前拉走，我不住想要掙脫，只是阿草力氣很大，我跟她擔保不會對女生或小黑動手，她都沒理我，就是要把我從碼頭帶走。我心裡其實很清楚，我已經無法若無其事回到大家身邊去；大家不發一言看著我，那些眼光令我在他們跟前成了陌生人，這樣的離去令人難堪。阿草是愛護我所以非要帶走我不可。我和阿草回到宿舍，充滿無法言喻的挫折，整夜涕淚漣漣看著新聞直播。我不止是離開了小黑，我是離開了「現場」。到了十六日清晨，阿草已累倒睡著，只我一人在電視機前，淚光中看著他們強蠻粗暴地把鐘樓攔腰鋸下。我不在那裡。我再也回不去。

我曾經廢寢忘餐據理力爭了這麼多天……從此以後，我再也沒有和那夥在碼頭上集會的同學聯繫。

兩天之後我在校園咖啡店遇見小黑，他朝我笑，彷彿過去的幾天，已被他撕日曆似的從生命之中撕下來對摺，放進口袋裡去了。他真是簡單而快樂的人。我向櫃台要了一杯水，不要熱的，也不要冰水，室溫就好。我將那杯室溫水朝小黑的臉潑過去。我算有良心，他的電腦仍在他的背包裡未取出來。我發誓以後每逢與他相遇，只要手邊有水，見一次我潑一次。

小黑永遠不會明白他虧欠我的是什麼。

一連串的潑水事件讓我在校園裡遠近馳名，我居然毫不介懷別人打量我的奇異目光。痛快就好，多少能抵消我心裡被什麼咬嚙著的難過。原來恨意很深的人，是不太在乎人家怎樣看自己的。

直至我帶著可樂在校園走。可樂堅持不讓我拉他的手，我還以為他怎麼忽然就長大了。然後我看見他看見別人打量我的眼光。可樂比我敏感。

我答應可樂，以後不再用水潑小黑。他說，那就等三個月吧，通常人們記住一件事，大概也只是三個月而已，三個月之後我再來你學校玩好了。

2.

不能潑水，可是我心裡仍是鬱結難耐，我總得要做些什麼來舒解。

我並沒有意識到自己是用購物來維持外表的生活正常，直至阿草喝止我再買穀物類的早餐食品。那段日子我有一點飲食失調，最愛就是半夜起床吃早餐類的食物。所謂，療癒；當然那時候還未作興這樣的說法。所以事情最初就是我失眠，對，從碼頭回來的那天晚上我就開始失眠了，然後我吃不下，到了半夜好不容易有一點點肚子餓的感覺，可是覺得什麼都吃不下去，唯一比較能接受的，就是麥片。我有了新的嗜好，就是去逛超級市場，每次買回來不同口味的穀物類早餐食品。因為我其實就等於是三餐都是在吃穀物類早餐食品，以玉米片來說，家庭號的我三天左右就吃完，於是又去買新的，同時我非常需要嚐新的口味，每次總是買回來一大堆。最後阿草打開房子裡任何的櫃子，都會看見穀物類早餐食品，她說她受不了，叫我去買其他的。

我知道要買一些更誇張的，才能徹底遏止我買穀物類早餐食品的衝動。

我幾乎買下一部二手金龜車，而我根本連車牌也沒有。

小單說，我陪妳去買鑽戒，沒有女孩不喜歡鑽石，鑽石能讓人有幸福的感覺，那根本就跟多巴胺安多酚沒兩樣。是可樂把小單找來的。小單告訴我，可樂跟他說，我擔心可意會自殺。那陣子開始有小學生自殺的新聞。小單安慰可樂，你放心，我比較擔心你姊殺了那個叫小黑的傢伙，她是失戀，她不是抑鬱症。

我和小單到銅鑼灣去，現在銅鑼灣全都是珠寶鐘表店。我是非要莫名其妙亂花一筆錢不可，我在店裡胡亂指點，將鑽飾隨意戴在身上，小單陪著我吃吃傻笑。店員根本不想搭理我們，他們眼中只有自由行的國內遊客。

最後我買了一塊接近六萬元的手表。

手表早在二〇〇三年出廠，表面印有穿上太空服的史努比，是品牌與美國太空總署聯營的紀念手表，為了紀念一次不太成功的登月之旅，阿波羅十三號。不知道為什麼，我一聽了手表背後的故事，就不能自已。

我需要紀念品。

回家之後，我找來湯姆・漢克斯主演的《Apollo 13》和一切關於太空、登月的電影，看得晨昏顛倒。

其實都是關於如何從遙遠的他方歸來。

看完這一大堆太空與登月的電影、被父親發現我刷爆信用卡，痛罵我一頓之後，我終於算是回復正常。

——原來，我是如此深愛小黑。

3.

所以，四個月之後，小黑回頭來找我，我就心軟了。雖然當時我已經算是跟山葵在一起。

山葵其實是小黑的朋友，中學同學，成績沒小黑好，在念副學士，打算第二年再考大學，很多升學的事情都來問小黑。後來就是問我。我們三人曾經一塊出去玩，聽演唱會看電影蒲酒吧咖啡店諸如此類。我跟小黑分手，他來找我，說了一大堆惋惜的話，好像比我和小黑更難過，我當時並沒放在心上。後來他仍有事沒事在校園出現，裝出跟我偶遇的樣子，我就明白了。

我是無聊啦，有人陪著，時間比較好打發。山葵人是沒小黑聰明，慢慢相處下來，發現他性情比小黑好，人沉實[12]，也有耐性，看書比小黑多很多，只是念書的運沒小黑好罷了。

當山葵知道小黑來找過我，他不發一言，就在我面前流淚。

12　沉實，沉穩實在。

12 寧複雜難攪也不要給悶倒

1. 我不是沒看過男生流淚，也不是覺得男生流淚是難以接受的事情，只是，山葵，當他聽到我說要跟小黑繼續交往，他嗚咽了一下。

是嗚咽沒錯，就像小狗被欺負時發出的嗷嗷嗚叫。在大庭廣眾間。這跟我向小黑潑水，被其他人瞪視又有些不一樣，那是理直氣壯的，一人做事一人當。而山葵的哀嗚，很明顯就是在訴說，他正受著極大的委屈與傷害。我坐在他對面，是脫不了關係的。

我不是不後悔在公眾場所跟山葵討論這樣的事情，不過，不在咖啡室又能在那裡？

宿舍是不可以的，阿草在趕作業，小梅跟他的男友也在，太擠。公園或圖書館會比較好一點嗎？起碼在咖啡室，眾目睽睽，我「喂！」一下之後，山葵算是鎮定下來，沒再發出任何別人聽上去古怪的聲音。

我看著將臉埋進手心的山葵，我想我是有點太忘形了。在這之前，我從沒想過山葵的感受與反應；我太輕率，只想著要跟小黑重新開始，就快快將山葵的這段關係結束掉。我只顧著自己想要的，我看輕了他的感情。

我想起過去無數次，在公眾地方——大部分都是餐館或咖啡店——看過的陌生人的分手式。我冷眼旁觀，深深為承受分手的一方感到抱歉，非關他們感情上的失落，而是如此私密的感情轉折，竟被公然展示，這是一種無法言喻的無禮。

而如今我竟也成了如此無禮的人。

我本以為山葵無痛，因為他年紀比我小，他看上去是那麼的粗疏，說得好聽一點是單純，他總是追不上我的想法，常常以「妳說的好深」來作對話的總結。然而，他的嗚咽，告訴我他還是有一些深層的部分，一不小心，就讓我持著利器往最裡面鑽了一個洞，他痛到不行。

我赫然發現，輕忽別人的感情，原來這麼輕而易舉，毫無懸念；甚至會以為事情順利進行，而微微蘊生了快意。人就是這樣在不知不覺間變得殘忍的嗎？天呀，墮落很方便，墮落很容易，變成爛人是無需掙扎，毫不費力的。

我輕輕拉下山葵摀住臉孔的手，只見他淚流滿面。他緊抓住我拉他的手不放，他將我的歉疚看成可以無限發酵的憐憫。

我們就這樣彼此誤會並膠著。

2.

就是這樣，我既與小黑恢復男女朋友的關係，同時讓山葵在我的房間過夜。

小黑和山葵都變得很乖。

我也攪不明白，這些年在拍拖，居然是現在這種狀態讓我感覺最恰到好處。因為有兩個人的緣故，總有人有空陪我，我自知虧欠了他們，我對他們也變得柔和溫順。

有人來向我請教愛情心得，我建議，要不要同時多找個男朋友來試試看？你就當來個平衡好了。阿草總結，妳變態。對，愛情關係中，就是要靠些變態來調味。

——我當時居然還有那麼一點點沾沾自喜。

3.

我和小黑恢復交往後，他很快發現我和山葵曾經很親暱，而且並沒有利落地了斷關係。小黑的反應很奇怪，他沒有宣示主權式的生氣，而是流露了淡淡的無可奈何，一股洞悉人性世情的唏噓。我有些攬不明白，說不清楚，那反應就是有些怪。

更怪的在後頭。有一天，我發現小黑約了山葵去打壁球。我從來不知道小黑會打壁球，更重要的是，為什麼是山葵？小黑說，他自覺運動量不夠，又嫌戶外的活動太熱，山葵建議他學壁球，當他的教練。說的時候就像山葵是我不熟識的某位朋友。

我問，所以，你一直有找山葵？

他答，是的，反正妳要獨自去ｂｃ[13]看戲，都不要人陪妳。那意思好像是怪我無法陪他們任何一個，於是他們就聯手打發了這空檔。我傻了眼，不懂反應。小黑說完，拿起他的包包跟我揮手拜拜，那笑容坦率真誠。

一百五十八分鐘的《色戒》我看得心不在焉，看到最後都不明白王佳芝是如何把自己的性命都丟掉。散場之後發現有小黑的「未接來電」，我不敢回撥過去，怕他跟我說，喂，我跟山葵打完球，妳要是看完電影我們一塊吃飯……

阿草聽我說完始末，哼哈了一下，點評一句，難得有譚可意不懂得處理的事情。太詭異。

我知道爸爸跟曾經與媽媽訂婚的李叔叔一直是很好的朋友，他還會找李叔叔訴苦，說跟媽媽相處艱難，只是，小黑和山葵，我可是同時跟他們在拍拖啊。

第二天我決定蹺課上紐魯詩樓去找山葵，其時他已考進港大。我找到他上課的地點，在門外等他下課。山葵一走出課室看見我就嚇了一跳。這一招很管用，出現在

13 BC，百老匯電影中心，位於油麻地，專放獨立電影、藝術電影。

對方沒想過的時間地點，什麼防衛機制都來不及張起就給我秒殺掉。

我單刀直入，你現在常跟小黑見面？

他點點頭。我沒下一句，只瞪著他看，他只好艱難地勉強往下說，有時候，妳知道的，我總有攪不懂妳的地方，我就想，會不會小黑明白妳多一點點？於是我就去問小黑，然後我們就坐下來討論……

——你和小黑討論怎樣和我相處？有那麼複雜嗎？我有那麼難招架嗎？

山葵反問我，妳這陣子不是挺愉快的嗎？妳自己說的，如魚得水，這不就是妳想要的關係嗎？不太黏，又不太空蕩……

當我以為左右逢源，一切都恰到好處的時候，卻原來是兩個男孩通力合作的結果。

我沒話說。那已經不是「生氣」或是「悲傷」，我像孤單一人穿著夏天的衣裳給留在初冬的暮色中，氣力都沒有了，只有慘淡。

山葵說，我和小黑都害怕失去妳。

你們看失去竟比愛情更大。我連提出分手都嫌費事。你們愛怎樣就怎樣吧。可樂問我，可意妳又失戀啦？我說不對，我有兩個男朋友，而我偏偏獨來獨往。

13 當家成為驛站

1. 不能天天跟可樂見面的日子，我每天都會給可樂撥兩通電話。我們的對話極其無聊，但能提醒我世間仍有簡單的快樂，而可樂會因而知道，只要他沒逃到外太空去，這地球上還是有人很愛很愛他的。

可樂問，我會逃到外太空去嗎？我說你會的，你今天不會，明天不會，終有一天你會。可樂繼續問，外太空有什麼？為什麼我要逃到那裡去？我說，那裡會有爸媽（甚至是我）都不喜歡，但你極愛的事物。可樂向我擔保，他不會因為那裡有他愛的事物就丟下我在地球。我說，騙子你省點氣力，別做無謂的承諾，你成功逃到外太空之前，跟我保持通話就可以了。

可樂剛升讀中學那陣子，我和他在電話裡玩的無聊遊戲叫「告訴我一些我不知道的」，於是我連他的班主任上堂會放屁都知道。

我有點不負責任，就是會在電話裡說小黑和山葵令我心煩的事情。說完會加一句，你不用聽進去更不用記住，你不明白是對的，所以也不要問為什麼。更多的時候是在議論爸媽，就是說他們是非的意思，說得興起兩個人抱住電話傻笑。

阿草曾經在臉書貼文臭我跟弟弟每天通電話的事，那時候剛流行在文末加標籤字，阿草就寫了「**# 有姊譚可意 # 求譚可樂童年陰影面積**」。那篇貼文的留言破了阿草臉書的紀錄。

沒想到可樂也在上面留言——「有陰影不錯，可擋猛太陽。」可樂的粉絲數量因此暴升，他的臉書朋友是他的同班同學之冠，還要當中不少是大學生，他蠻得意的。

我問可樂，你知道童年陰影的意思嗎？他想了一下，一貫的敦厚而自若，答，嗯，就是有些清涼的地方，對嗎？

我認出來了，可樂是查理布朗。他不是奈勒斯嗎？我明明是兇悍的露絲。

我沒想過查理布朗這麼快就要長大，他要遇上紅髮女孩了嗎？

有一天我們又在玩無聊的「告訴我一些我不知道的」，可樂說，爸媽要離婚了。我一時沒反應過來，可樂又補了一句，妳不用聽進去更不用記住。

我怔住，說不出一句話，心如刀割。

2.

我跟爸媽發了一頓很大的脾氣，我怪他們要讓小孩來告訴我這樣的事情。媽媽的反應超白痴，她轉過身去罵可樂多事。我阻止他們繼續領我思考遊花園，把可樂送進房間後詰問他們，你們要離婚？

跟數年前不一樣，二人都爭著認是最先提出離婚建議的那一位，好像先提出來的人比較文明講道理實事求是，拖泥帶水的只是對方。我翻白眼。你們就不能多等幾個月？夏天來臨之前我就會把求職信寄出去，如今這樣你要我如何安頓自己和可樂？

爸爸叫我不用擔心，他說他都安排好了。

家裡的兩所房子，爸媽各佔一間，媽媽會和可樂搬進西九龍的新房子，理由是能為可樂選上較好的校區。爸爸決定搬到大陸，他的說法是，為了有更寬敞的居住空間……自圓其說得嘔心。

那我呢？

媽媽拽下狠話，我不要妳跟我一塊住，妳總是惹我生氣，動輒情緒化，我認為妳對可樂會有不好的影響。

原來已經到了這樣的田地，我難過得說不出話。

這一天我沒齒難忘。從小到大，好像都不及這一天自爸媽身上學習領悟到的多。是的，家人之間不應轉彎抹角，要實話實說，但坦誠而無愛，那只是為所欲為；當關係裡只剩下責任，所有爭論都以是否公平為據點，則一切只餘灰燼。

風吹過，什麼也不剩。

就算我們曾經一起生活，有共同的經歷，原來最後都只是各自打理行囊。將家變成驛站的，排序負責的幾時輪到兒女？

3.

媽媽和可樂搬家的那天，我沒去幫忙，我遠遠躲在大廈對街，看搬家公司的工人，將我們曾經的生活，快速拆件裝進貨車。等在貨車旁邊的可樂一臉茫然。我悄悄接通了視像電話，我跟他說，我陪著你，然後就沒有再說話。貨車開走，我和可樂都沒掛線，可樂讓我看駛往新家的路線，我讓可樂看舊家街角。

我明明應該可以看著可樂遇上他的紅髮女孩，爸媽應該絞盡腦汁心膽俱裂地去招架他的青春期——偏偏他只是安靜地告訴我，爸媽要離婚。我就這樣看著眼前這段陌生車程，陪著可樂告別他的童年。

我在寄出求職信的同時搬離宿舍，獨自一人回到一家四口曾經共同生活的家。

可樂和媽媽搬走兩個星期後，我第一次把可樂接回家。我假傳口訊，說爸爸回來了想見可樂。可樂看見我，仍是滿心歡喜，但當他回到曾經生活了六年的家，竟無比拘束。我說你怎麼啦可樂？他只是一直在搔頭。出現這樣的動作，可見真的困擾。良久，他說，妳知道「過去式」？我點頭。「現在式」？我點頭。我知道可樂一直怕處理英文文法的時態。然後他說，就好像將過去式和現在式混在一起，我覺得很混亂，我不明白。

可樂建議，不如我們以後在外面玩好了，不要回來這裡。我慘淡地說好。可樂微微鬆一口氣之後就哄我，妳快些有自己的房子吧，我要一間糊了恐龍牆紙的房間。

爸爸怕媽媽要瓜分房子，將屬於他的這一間轉到我的名下。爸爸在我見工的日子，催我上律師樓簽字辦理手續。他說，我很忙，辦好事情我就回去。

上司後來對我說，妳面試時的表現，是一夥新人之中少有的沉實。我沒告訴他，我當天只是非常非常的難過。

14 物質不滅定律

1.
我難過的時候，莫名其妙就會給人很沉實、做事很盡責，甚至是能幹的印象。那一年半載裡，我格外得上司、老闆的歡心。我漸漸明白他們的看法，就是你把真性情藏好，你就是成熟。我懶得解釋，我高興我難過，我都只是一顆小馬鈴薯，有什麼比工作半年就升職加薪更實際？你要我不發一言將喜怒擦掉，我乾脆將情緒稀釋在早上淋浴的肥皂泡沫裡好了。

我仍每天跟可樂通電話，我一邊擦眼淚一邊向他報告我的存款數字，我叫他等我，說我很快就可以租賃自己的房子。就像他是等著我帶他私奔的情人。他會跟我說，可意，就算我不是跟妳住在一起，妳也是我最愛的人。

我聽慣了可樂的甜言蜜語。

我絲毫沒有察覺可樂是在給我安慰、給我心理準備……

聖誕節假期還沒正式開始，媽媽就將可樂帶去韓國。她去入貨，將可樂交給她的朋友，他們一家四口帶著可樂去滑雪。可樂沒讓我知道，他將照片上傳到臉書，我看見了，沒按讚也沒留言。我看著置身在陌生人中間的可樂，他表現得很快樂，我好久沒見過他笑得那麼開顏。我分辨不出來他是偽裝還是真的享受。我開始後悔把他教導成有禮貌的孩子。我生了幾天悶氣，到了可樂離開雪山的那一天，我終於想通了，給他的照片按了讚，然後我才可以和他重新對話。

可樂劈頭就說，我玩得很開心呀。我問他，你跟媽媽的朋友是什麼時候認識的？可樂沉吟了一下，就說其實是剛認識，不過他常聽媽媽提起這安姨姨和她的一家，而且他玩得很開心。誰跟陌生人待在一起幾日幾夜會覺得開心的？我沒想過媽竟到了這樣的地步，只顧賺錢，居然就這樣把兒子丟給別人。可樂仍在解說，我很快就能跟媽媽會合，安姨姨說媽媽會在機場跟我們碰面。真是，豈有此理。可是，為什麼聽上去就是要為媽媽辯護的樣子?可樂你不要這麼懂事好不好?

媽媽和可樂回港的第二天，我到媽家裡去。可樂一見到我，就說他看中了聖誕禮物，要我現在就和他去買。媽橫我一眼，說，我就是看不慣妳寵他。

可樂拉著我離開媽的家，在電梯裡，他很認真地跟我說，可意妳不要惹媽媽生氣好不好?她賺錢沒妳想的容易，她工作可是很辛苦的……

我像忽然得了急性淚腺炎，淚流不止。

那是我唯一沒給可樂買禮物的聖誕節。

我的感覺跟失戀沒差別。

2.

那一年的聖誕節我也沒為可樂安排節目，他說媽媽要帶他去迪士尼樂園。不是東京的，是香港的。真沒志氣。但可樂很興奮，從沒去過的地方仍是會令他期待。他的童真。

長週末假期我都獨自窩在家裡，於是，就病了。從此以後，感覺孤單，就會感冒發燒，儀式一樣，靈魂反芻。我沒找任何人，安靜地發燒、昏睡與說囈語。假期結束，我從床上爬起來，在臉上抹夠胭脂然後回辦公室。沒想到上司忽然宣佈調升我為項目經理，一票人上前來虛假地向我道賀。我呆鵝般來不及反應，上司就說，喂，妳的魂魄仍停在機場等過海關是不是？我只有陪笑。原來有些事情真的無需讓人知道。

還是會告訴可樂的。我平心靜氣接受了可樂將我的排名放在媽媽之後，我說你不用擔保些什麼，總之，我要知道你的祕密，還有，你有暗戀的女孩，第一個告訴我就是了。可樂愈長大，他的世界就會愈小，總有一天，他知道要把一些人和事物放下，才能收納新的精采；他的世界會沒有我的位置。我心裡清楚，因為我就是這樣長大的。

我在電話裡跟可樂說，我病了，然後，我升了職。可樂就說，到底還是有些好的事情的。是的。他說媽媽最後也沒有帶他到迪士尼樂園去，媽媽自己有太多派對。可樂說，反正開幕七年都沒去過，現在去有點嫌年紀太大，我決定做香港唯一沒去過迪士尼樂園的人。我聽見可樂說自己年紀太大，笑得人仰馬翻。

可樂不以為然，我已經是中二生……

3.

念中二的可樂說要送我一份禮物。我說什麼意思？聖誕節都過去了。可樂說，禮物不是應該帶給人驚喜的嗎？為什麼要挑日子找理由？（噢，女孩當心，譚可樂長大了。）

這是可樂第一次很認真地要送我一份禮物，那是一支手表。他除下我手腕上價值六萬元的亞米茄，說，我的這一支看上去不值錢，但它也有史努比哦。然後他讓我看他戴的跟我的一模一樣。他是去買了一對手表，將其中一支送我。這史努比手表後來我就一直戴著，赴盛宴穿晚裝也沒除下來過。

可樂替我戴上史努比手表的時候說漏了嘴，我早說過第一份送給女生的禮物，是要送給妳的。呵呵，明白了，可樂你是急著要給另一個女生送禮物。我只能提醒他，跟他年紀相若的女生，大概都不會喜歡史努比手表。

過沒多久，我發現可樂的臉容變得沉靜。

他給我看一條細細的項鍊，掛著一只小小的仿紙摺的銀製的心。我不知道是女孩退回給她，還是她收下了最後還是沒跟可樂在一起。總之，可樂不停在買項鍊，小小的心型吊墜成為他的收集項目。紀念品。我微微擔心他變購物狂。

可樂問我，妳還記得物質不滅定律嗎？

——物質不滅定律，也就是質量守恆定律，我閉上眼能背出來。

15 生如夏花

1.

可樂從小就聽我在背「物質不滅定律」。

中二上學期，我的物理科被當掉，就是沒溫書沒交功課諸如此類。我這個人就是立志太晚，大概是到了上學期的尾聲，我才如夢初醒，鐵定要選讀理組。我計算了一下，之前的成績實在是太爛了，接下來的期終考試，物理科要穩拿九十五分以上才能被理組取錄。最後我還是平安進了理組。我不可能在個多月裡透徹理解物理科一整個學期的內容，我發揮港生的最大能耐，我用背的，整份試卷我以默寫的方式完成，就是這樣。我想我這個人還是有一點點意志力，這件事情讓我錯覺，沒有事情無法補救（知道這只是錯覺的過程痛苦萬分）。從此我成為物理科老師的寵物（是寵物，不是寵兒，我沒用錯字，你明白我的意思，你不就是這樣稱呼你妒忌的同學嗎？），這「物質不滅定律」成為我的幸運符；日後得意、驚惶、忐忑、有勝算我都將它背一下，寧神驅邪。可樂還沒知道什麼叫物理，就會將這定律朗朗上口。

我已經好一段日子沒背過這定律。

「質量守恆定律是自然界普遍存在的定律之一，此定律指出，對於任何物質和能量全部轉移的系統來說，系統的質量必須隨著時間的推移保持不變，因為系統質量不能改變，不能增加或消除……」

可樂有些不服氣，說，對呀，這解釋得很清楚呀，所以質量既不能被創造，也不能被破壞，儘管它可能在空間中重新排列……

——或者與之相關的實體可能在形式上發生變化。

——那就是說就算你死了，你的軀體縱使消亡，你的血肉化成泥土的養料，然後你長成一株花一棵樹，或，化雲化雨，你的愛仍在。

可樂的淚水落下來，他給我一道不會有答案的問題——不是說物理能解析世間的一切現象嗎？不是常說我們生活的世界就是一個物理世界嗎？所以這裡不可能有無緣無故發生的事情，也沒有奇蹟，如今我既得不到奇蹟，同時又迫著接受無法解釋的事情，為什麼？

我默然。

我從襁褓就認識可樂，我見慣他哇哇大哭，可是少年可樂的淚水令我無比震撼，他不再天真，他懂得了恨意，他的淚水中有無以名狀的傷痛和失落。我的幸運符對可樂一些作用也沒有——物理定律能解析世間萬物，只除了愛情。

可樂十四歲，第一次失戀。比我遲兩年。我的失戀無法與他的相提並論，我比他早兩年失戀對他毫無意義可言。可樂的失戀，是絕無僅有的。每一個人的失戀都獨特，每一場失戀都有著與別不同的荒謬、憤怒與悲哀。我看著可樂，無法分擔他的苦惱，縱使我可能是世上最疼他的人。失戀的人就像被關進一個玻璃罐裡，他能看見外面的世界，他要是大聲喊叫，我們也許能隱約聽見，但他什麼都做不了。他被囚禁在玻璃罐子裡，每個從罐子前路過的人都可以看見他，看著他無助地看著他愛的人越走越遠。

我除了送一本泰戈爾的《生如夏花》給可樂，不知道還可以做些什麼。

2.

按可樂的意願和他的成績，我以為可樂會念理科。我漸漸看出可樂的敏銳善感，數字和定律可以為他帶來鎮定與平衡。我想要是可樂能成為念物理的詩人也不錯，他還會拉大提琴哩。這是我為姊的傻氣與虛榮。

最後可樂沒當上理科生，可樂說，媽媽把他的志願改掉了。

志願。我冷笑一下。每個在此地出生的孩子，都要經歷一遍志願從崇高到荒謬以致荒蕪的過程，才能長大成人。

最早的時候，志願，是作文題目。小學六年級，老師發給我們一張表格，叫我們拿回家給爸媽，讓爸媽在空格裡填上學校的名字。他們不停在那邊說，妳的第幾志願……志願還有排名？我的志願就只是把一張表格填滿？這樣的事情後來不斷重複出現，我終於明白，他們總是將一些愚笨的操作方法冠上堂皇的名字；而從此以後，這些明明是生命之中無比重要的事情——例如志願——就失卻了它應有的重量。

我跟可樂說，沒所謂，他們編派要你念的科目，跟你心裡想要做的事情，根本沒有必然的關係。

可樂沒告訴我的是，媽媽在取去他的志願之前，還取去了他的大提琴。

有一天，我接到媽媽的來電。這是很奇怪的事情，因為不知道從什麼時候開始，她就努力地證明我是她生命中多餘的一塊，我當然也就盡力配合，我手機裡的通訊錄連她的號碼也沒有。自從她跟爸爸分開，她有什麼事情要找我，都是可樂和金姨在傳話。所以當電話響起，我看著來電顯示的八個數字，第一個反應就是，咦，我居然還記得她的電話號碼耶……然後我就莫名地妙接聽了。

當然，「喂」之後就非常後悔。

媽媽氣急敗壞告訴我，她要趕去機場，可樂在醫院的急症室，而最重要的是——她說，別再讓他浪費時間，叫他溫書。

我趕去醫院，看見痛得面容扭曲的可樂，他的無名指和尾指指骨骨折。這是一場籃球比賽中偶發的意外結果。我意外的是，可樂你去打籃球？

可樂素來愛惜自己的指頭。

他聳聳肩，這動作跟他的傷勢毫不搭調，他說已八個月沒拉琴，媽媽早把他的大提琴送了給她國內客戶的兒子。

八個月前可樂剛考過大提琴的八級試，他考的可不是「聖三一」的分級試，是「皇家」的耶，我沒陪他去應考，但後來是有聽說他考的成績不俗。

可樂說，對呀，所以媽媽就說夠了。

夠了？媽媽什麼意思？

16 忽然發現了自己的外星人身分

1. 當我聽到可樂跟我說，媽媽覺得他已經通過了八級試，於是學大提琴這件事情就算是「夠了」，我的腦袋彷彿忽然當機，思路完全無法跟這樣的想法接通，然後我就無名火起。可樂看著我忽然當機的表情就笑了，他的笑容，有著寬容和釋懷，大概是因為終於有人理解他經歷的荒謬。

可樂在護士為他的指頭敷上石膏紗布時，向我複述媽媽取走他大提琴的經過。他的語調，帶著點自嘲和佻皮，旁人聽到，會以為他是在說班上那個笨同學的事情——媽媽覺得我又不是要當琴師，幹嘛還要練習，花時間上指導課？她說我都已經拉了快十年了，也夠了吧？難道不厭倦嗎？接著就停了為我的指導課付費。我還來不及告訴她我真的很愛拉琴耶，她就把我的大提琴送人了。然後她說想我當律師，因為她認為現今就數律師最吃香，舉凡從買樓到離婚，跟人家牽扯上任何糾葛和訴訟，都要用到律師，家裡有個律師，會方便很多。媽媽強調，我要當上律師，還得比現在用功多很多，我的時間都得用在合適的地方，blabblabblab……

我除了白眼，無言以對。

我能夠理解可樂為什麼去打籃球，而且非要打得這麼粗魯莽撞讓手指也骨折。

我把戴著三角巾的可樂送回家，不錯金姨仍在，但我不放心，留下來了。反正媽媽不在，媽媽回來之前我要好好照顧可樂。

我這才知道，媽媽就算回來了，也不一定在家裡——她交了男友，很多時候就在男友家裡度宿。

偌大的房子裡就只有可樂。金姨打從一開始就不留宿。

我想起可樂怕黑，小時候花了很多心機和時間，才能讓他習慣關燈睡覺。

我在媽媽的家裡——於我來說，這根本就是一所陌生的房子——看著可樂不停將燈開了又關。我本來以為他要讓走過的地方都亮著燈光，但關燈是什麼意思？環保嗎？

可樂告訴我他的祕密，他愛上了節能燈獨特的亮光。

節能燈開著的時候，光度是比較黯淡的，在接下來的一、兩分鐘之內，它的光度會漸漸增強，直至全亮，光度亦穩定下來。可樂說，我就是愛待在它光度漸漸增強的氛圍中。

我問可樂，那是什麼感覺？可樂答，溫暖。從晦暗到明亮，那效果就像擁有一枚小小的太陽，從煦陽初升到日照中天，稍瞬即逝……

——夜深靜寂之時，可樂在偌大無人的房子裡遊移，把燈開了，又關上，關了，又再打開；獨自想像著白日與黑夜的光之變化。

我的心震動了一下，最簡單粗疏的說法就是，可樂長大了，他長成古怪的青春期男生。其中有不易為人察知的複雜、微小的怪癖，那是他自我定義的神祕儀式，就好像他忽然發現了自己的外星人身分，在尋找到同類之前，他還需喬裝與隱藏。一不小心，我就會失去他的信任與連繫。

於是，當我知道沉迷光暗變化的可樂同時被攝影術吸引，我毫不猶疑就花去薪金的三分之一買了一台攝影機給可樂。

2.

陷入熱戀的媽媽就似少女；天真而健忘。她已經記不起我是她的死對頭，還說很高興我能代他照顧手指仍打上石膏的可樂。

可樂說，這手指的石膏可以不拆掉嗎？

可樂出入也將我送他的照相機掛在身上，就算戴著三角巾，也沒有影響他取景的從容。帶著相機，手指打著石膏的可樂，坐在辦公室的接待處等我下班帶他去吃飯。可樂一見我就取過我的電腦提包為我揹上，就算我穿著兩吋高跟鞋，他還是比我高半個頭，我們勾肩搭頸，我稱他哥，他叫我親，看得接待處的小妹傻了眼。我們又成了人人側目的怪胎二人組。設計部的同事麥可與我們搭同一部電梯下樓，我上工九個月，他從未正眼看過我，這會兒我眼梢也能察覺他對我們姊弟倆的興味。

第二天上班，接待處的小妹把我攔下，單刀直入，問，昨天晚上來接妳下班的是妳男友嗎？我哈哈大笑，告訴她那是我弟弟。這小妹也真是可愛，毫不修飾直說，不是我要知道的，是麥可叫我問的。然後她也不歇一下就緊接表態，你的弟弟有女朋友沒？我笑得眼淚水都出來了。

我命剛開學的可樂下課後就直接來我辦公室，我要他坐在接待處，留意看小妹的反應。

他告訴我，她傻了眼，說的時候居然有幾分得意。

我看準麥可走進電梯的時候追上去，他看見我和穿著校服的可樂走進來，先是呆了一呆，然後就有一抹難為情，不過很快就掩飾過去了。

我辦公室在三十二樓，電梯下降到二十樓的時候，可樂忍不住噗嗤一聲笑了出來，我大力拍他沒受傷的手，他卻益發笑得厲害，到了地下的時候，我姊弟倆已笑得在喘氣。回頭只見麥可逃命似的離開電梯。

可樂追在他身後，邊跑邊揚聲問，喂，你是不是想追我姊……？

我好久不曾這麼快樂。

3.

可樂到公民廣場去的時候，手指的石膏剛拆掉，身上穿著校服，揹著書包，帶上我送他的相機，看上去就是充滿力量和朝氣。

之前七月底的遊行，我都有陪著他去。是的，我陪著他，因為他堅持那是他的事情。我不跟他計較，樂見他願意為自己著緊的事情去表態和爭取。

當然不可以讓媽媽知道，否則她又神經大條了，她繼續沉醉在愛河就好。所以可樂在廣場的日子，我下班就會過去看他，為他和同學們打氣。

那天我正要趕過去公民廣場，剛走進電梯，麥可就緊隨在我身後。電梯門關上，他跟我面對面，他清了一下喉嚨，說，那天妳弟弟追著我問的事情，我現在給他答案。我說，好呀，你跟我一塊走，親自告訴他好了。

17 世界這麼爛

1\. 說要回應可樂問題的麥可，什麼都沒說就隨我來到金鐘。我總覺得麥可就是有些心不在焉，到他發現我們混在地鐵出口的人潮中，朝著同一方向走，他才如夢初醒，「呀」了一聲。那意思大概就是，哦，原來妳弟弟在政府總部。麥可既知道了要去的方向，也沒任何異議，仍是跟著我走。

公民廣場上人山人海，早已經不是中學生跟家長的事情。麥可邊走邊看，有學生遞給他傳單，他也接過，只是，怎麼說呢？他的表情，就是一副「我不屬於這裡的我只是剛好路過我看看而已當然我不是不支持你們不過我站在這裡就好我只待一會別攪錯我來了可我不是參加者」的表情……我盯著他，他朝我笑，是那種想要人家對他生出好感的笑容。小妹告訴我，麥可曾經當過銀行廣告裡的年輕才俊。我現在看見的，大概就是他拍廣告時擠給客戶看的笑容。他在我心中的評分就快跌到破表了。

我在擴音器下找到可樂，他的同學也在。我將麥可拉到可樂身邊，放大喉嚨在可樂耳邊嚷，他說要回答你那天問的問題，我去給你們買晚餐。然後我就把麥可丟給可樂。

快餐店的人龍比我想像長很多，然後我又費了不少時間擠回去可樂所在的區域。我遠遠看見可樂和麥可在交談，二人的動作極大，像酒吧裡那些投契的男生。因為集會擴音器的巨大聲浪，他們必須靠得很近，附在對方耳邊，才能讓對方聽清楚。可樂和麥可在對話間，抱住了彼此的肩。

像兩兄弟。

我從來沒有問過可樂，你想不想要個大哥？我一直覺得他有我這個大姊就已經美滿，其他的也就不用多花時間去想。我都幾乎忘了，曾經，我也想要個哥哥，非常非常的渴望，當上誰的小妹……

我遠遠看著，不知道是集會的氣氛，還是因為我其實很累，我的淚水涔涔落下。

2.

我好不容易鎮靜下來，將食物送到可樂和他的同學手上。男孩們怪我效率太低，花那麼長時間才走回來，薯條已經不香脆。

我問可樂，你們剛才在談什麼？可樂說，說了妳都不懂。我傻眼。

麥可說，他跟可樂在談《進擊的巨人》。他說他看的是日文版，比可樂更快知道新一期的情節，所以可樂忽然把他當偶像。我想都沒想過，進擊的巨人？我問麥可，你不是說要回覆可樂的問題嗎？

麥可忽然拉住我，好像想要找個遠離擴音器的地方跟我好好說話。我沒掙開他的手。我們一直走一直走，就到了海邊。香港原來很浪漫，我們總是在海邊抗爭；從碼頭到廣場。麥可說，妳弟弟給我忠告，說妳又兇又無情。麥可靜靜看著維港，沒再說話，沒再看我，但我知道他知道我看著他的側臉。他是好看的；他的好看恰如其分，沒威脅感，就像跟我是同一個星球的人。

落日餘暉仍在，華燈初上，magic hour，景色真美。而世界這麼爛。陸續仍有很多穿著校服的中學生趕來，額角都是汗。我問麥可，你知道〈沙龍〉嗎？麥可說，嗯，留住溫度速度溫柔和憤怒。

我想，如果他唱出來，又，或，他反問我什麼沙龍？我想事情就會這樣過去，接下來的發展會很不一樣。

他一字一字清晰地說出——留住溫度速度溫柔和憤怒。對，就是這樣。就讓我們凝住生命的濃度。我對麥可說，我們一起過日子好不好？

麥可其實沒說好或是不好，他只是抓緊了我的手。

麥可是第一個我決定要跟他好好過日子的人。

3.

大家都說我變了，說我的性情比從前好。可樂是這樣跟麥可說的，你居然讓譚可意買了戲票然後告訴她你要加班？要是在從前，譚可意早把你遣返冥王星，遣返之前大概會先碎你天靈蓋，她連解說為什麼要撇你都嫌費事……

麥可問我，妳是女魔頭不成？我一笑置之，港女那個不是魔頭？你沒遇上過嗎？麥可那樣子很認真，大概想起了曾經遇上的女孩，沉思半晌後，說，為什麼通通都當上了魔頭？

我說，愛得不夠的緣故。

麥可滿意了。

他攪錯了。我只是忠於約定，我說過要跟他好好過日子，我說到做到，其他的都是雞毛蒜皮。

可樂問，那麼妳其實不愛他？我沒有即時回答「是」或「不是」。我帶可樂到爸爸從前常光顧的老式法國餐廳，花了一個晚上，向他解釋我如何在愛情分量不足夠的日子，仍能和麥可好好相處。

我說，我的愛情百孔千瘡；每一個人的愛情都難免有著瑕疵。電影、戲劇和小說

（甚至是流行曲）裡的男女，要比我們強烈而徹底得多，他們絕對、完整地愛，或，恨。因為他們是祭品。故事本身就是人間的祭。我們看著這些故事長大，我們在真正嚐到吻和愛情獨特的心悸之前，已經看過了太多，以致我們都錯覺了，這些故事裡濃冽的付出與給予，就是我們的愛情應有的模樣。

故事裡的男女，是以顯微鏡下切片的狀態存在的。

他們永遠是典範，而我們只是面目模糊的世間男女。

我們的愛情關係裡，甚至連反派或被天神咒詛的命運都不存在，我們對抗的，無非只是瑣碎的日常——你吃了我最喜歡的那件雞中翼、我在滂沱大雨中截不到計程車，而你寧願玩賽車手遊也不開車來接我……

其時我和可樂正吃著雪葩[14]，主菜仍未上桌。愛情這話題太耐嚼。

14 雪葩，西式甜品的一種，口感類似冰淇淋。製法是將新鮮水果冷凍至結冰後磨成沙冰。在傳統西餐中，位於在前菜與主菜之間，有清除餘味之用。

18 愛的教育

1. 從前每逢大除夕，要不就是元旦日，爸爸都會帶我和媽媽來這餐廳慶祝。我和媽媽會得到一支杯口大的玫瑰，就算我只是個八、九歲的小女孩。老夥計已認不出我，他們依然為我送上紅玫瑰，可樂在他們眼中，應該就是我的小男友了。

我是會跟弟弟討論愛情的姊姊。

當我們討論愛情，我們談論的是家庭、成長、關係、時間和金錢。

如果外星人降落在香港，大概會很訝異，他們會發現我們要孩子不停上課，念很多莫名其妙的科目，偏偏跟他們的未來息息相關的「愛情」，卻不是必修科。我們給每一個剛進大學的年輕人一張信用卡，告訴他遲到、缺席會有被當掉的可能，可是金錢和時間的管理，卻不在課程內容之內。這裡的人好像真的很愛念書，就算成績不好，念好幾個副學士，都要考進大學裡念一個貨真價實的學士，念完學士往往仍不罷休，還要念碩士和博士，好像巴不得一生都留在學校裡，可是他們念很多學位，卻不懂得「認識自己」。

我說，可樂，你要記住，雖然你心裡非常不願意，但我們確是在家裡學會愛和恨；我們拷貝著爸媽和教養我們的大人的方法。能將這些埋在血和骨的習性除掉的清潔劑發明之前，我們只能提醒自己要警惕陰影確實存在。電影、動畫和小說比我們的真實人生燦爛動人，因為他們全都在最精采的地方戛然而止。不要將你看見的當成你將要經歷的，別對二手經驗上癮，那無法取代你真實的經驗。雖然真實看上去如此乏味而強差人意，但就像樹木和野獸，真實是有機、無法預測、充滿危險的；真實之可貴就是如此無可比擬，可一不可再，不能複製。真實是這世間上最珍貴的事物之一。其他的還有自由和理想。

可樂問，愛一個人有那麼錯綜複雜艱澀難懂嗎？為什麼？呵呵，因為我們總是開始得太草率；我們永遠無法準備好，還沒攪懂是什麼一回事，就一頭栽進去，或，攪砸了。每次皆如是。偏偏我們又不願承認，將錯就錯，自欺欺人。愛，反過來被我們誣諂，成為最委婉荒誕的藉口；愛得太多，或，愛得不夠。

可樂堅持用他的理科腦袋思考，所以妳是愛麥可還是不愛？我說，我不能保證我對麥可的愛在任何時間都保持在同一的高度；沒有人能作出這樣的保證，那只是一個必定會違背的諾言。但我會提醒自己，要愛人如己，還有就是，己所不欲，勿施於人。不是我口裡說我愛或不愛麥可，是我如何對待他；我如何收取，我如何給予。這就是關係。

微醺的可樂結論，那麼說妳是很愛很愛麥可囉。

聰明的可樂，他明白愛的真諦。

我說，可樂，你要記住你在幼稚園裡學會的事情，就是學會看時間，認識不同的紙幣和硬幣，還有，最重要的，不要跟人家爭玩具，要分享，要願意跟書友仔[15]說「對不起」、「謝謝你」、「我愛你」。那是什麼？那不就是時間、金錢和愛嗎？

只是從來沒有人向你解說當中的智慧，大人只想你得到向上攀的聰明。

我在這個晚上為可樂開了一瓶 Bisol Jeio「Cartizze」——不是香檳，只是義大利的氣泡酒——同時給他上了一課「愛的教育」，以慶祝他的十六歲生辰。

2.

我對麥可說，我不要你送我聖誕禮物，我長大了，老早知道沒有聖誕老人，而且我也不是教徒，不需要被市場傳銷騎劫的節日。不過，我還是要禮物的，請去細心挑選；這小東西應該會讓我們看著就記起，一起度過的這一年還算不錯。麥可在舊書店找到五十年代開明書店印行，夏丏尊譯的《愛的教育》送給我。我則送給他一支墨水筆，附兩瓶墨水，「神祕的夜」和「皇家藍」。

爸爸在大除夕回到香港，不過絲毫沒有跟我和可樂過節的意思，他只是匆匆回家打包冬衣再北上。他看見茶几上的《愛的教育》，隨手取起翻了幾頁，滿有興味的樣子，問，為何翻出我的舊書？我終於有機會把擱在心頭好幾年的狠話說出來。我瞅

15 書友仔，同學。特別指幼稚園至小學年齡的小朋友。

著他，答，這不是你的，你的舊物，就是你當時覺得過時不合用的物件，在你搬到新房子的時候，都塞在祖母家裡，然後，你把祖母的房子賣掉，連家具雜物一併賣給別人。爸爸呆了一呆，他甚至沒給我一個被惹惱的神情，就帶著他的拖篋開門離去。像我在路上遇見的任何一個陌生的中年旅人。

——他連丟失了些什麼也不知道。

麥可從睡房走出來，在我身後抱緊了我。他是明白我的。爸爸連家裡來了個男生過夜都不知道，我並無瞞他的意思，我是要將麥可介紹給他認識的。麥可的西裝上衣就搭在餐桌旁的椅背上，黑色的男裝十二號小牛皮綁繩德比鞋歪斜地被甩在玄關鞋櫃的旁邊。爸爸什麼都沒看見。

麥可說，下次知道他什麼時候回來，早些約定他吃飯，我請客。

還有兩個多星期才到大年夜，我們一家約定了吃團年飯，我把麥可也叫上。麥可訝異，這麼早就團年？我沒好氣，媽媽要外遊，過兩天的機票開始漲價，她吃了團年飯就出門。

我問麥可，緊張嗎？他很老實，有。為什麼？麥可答，因為他們將要成為我的家人。

我不是不感動的。

只是爸爸沒出現，理由也省略，只一個「忙」字。

媽媽跟麥可說的第一句話，是「她脾氣很怪又不講道理，你要小心」。我可以怎樣？我帶著護膚品牌透過公關公司贈送給傳媒作推廣用的名貴晚霜，第一時間遞上給媽媽，說，媽，妳果然是最明白我的，我愛妳。

媽媽沒聽出我的尖酸，低頭檢視晚霜盒子，問，幾錢？我答，專櫃零售價五千四百元。媽媽滿意了，麥可過關。

19 有伴就好

1. 可樂終於成為應屆文憑試考生，我和他聚少離多。麥可笑我，妳，根本就是痴母。我說，要不是可樂忙著應付考試，我才沒空跟你培養感情、建立關係。

我和麥可的感情，是在集會與隊伍裡培養出來的。最早的時候，就是到政總廣場去找可樂的那個晚上。接下來的日子，莫名其妙就是發生了一大堆讓人非要走到街頭上表態不可的事情。我是這樣想的，只要妳命宮的星宿聚合得宜，叫男生去為妳赴湯蹈火的事情，還是有的；可是要找一個能陪著妳去抗議集會和示威的男友，我只能說一句，我衷心感恩。

我不相信地老天荒，但他陪著我，動輒從維園走到金鐘、中環，有時候直走到西環海傍；時局荒謬，令人憤慨的事情愈來愈多；人在路上，烈日之下，或，大雨傾盆，毫無概念何時算抗爭完結可以回家；夜以繼日，漫漫長路，走走停停，沒有抱怨，沒有中途離隊，這就是了。

雖說他不是為了我譚可意一人上街，但作為抗爭者，身邊有伴，是非常重要的。無論是他陪著我，還是我陪著他，我們就是可以一起走到街上去，為我們關注的事情表態。

我身邊有一些人，他們平日很少跟我相約，但會在上街前夕找我，問，明天妳在何處出發，可以與妳結伴嗎？他們是隱藏的異議者。他們與共事的人只談公事，遊玩嬉戲的是另一票人，需要被安慰的日子，會在手提電話的通訊錄中找出不同的名單，與之談情說愛的，又再佔另一禁區，或許尚有若干想念的人……

他們在自己的人生中分隔出不同的區域，這些區域各自有著不一樣的價值觀，甚至可能彼此對峙。我不知道是家庭教養、學習系統、職場氛圍還是社交群組的壓力，要他們遊走於這些不同區隔之間；他們與A區的人一起嘲笑B區，在B區妒忌C區，在C區仇視A區……久而久之，他們擅於一人分飾多角，疲於奔命。

我一早明白人生的百孔千瘡，在我能力所及之處，我希望能當一個完整的人，也就是誠實面對一切的人。或許我只是怕麻煩，又嫌招架不同的人太累。我衷心希望我遇見的人，能陪著我一起學習、並肩共事、有著相同信念、一同嬉戲……簡稱「同伴」。

我很幸福，我有同伴；小單、阿草、麥可。

我真的以為可以就這樣一起走向未來。

2.

自從二〇一二年十月之後，我拒絕再在維港兩岸觀賞煙花。媽媽偏要將大年初二的晚飯，訂在灣仔海傍酒店的宴會廳。她一再強調那是出動很多關係才訂到的桌子，她認為以邊看煙花邊吃飯的方式來招呼麥可從加拿大回來的爸媽，才算夠氣派。

我問，我可不可以不來？媽媽還沒來得及反應，我已看見麥可在瞪我。好吧，我來，但你們要知道，我可是一點也不會享受的。

初一可樂找我，問，妳不來媽家拜年嗎？我有些冷漠，說，反正明晚不是都會見面嗎？可樂沒再說話。

第二晚，大年初二，我和麥可一早去酒店接了他爸媽，在交通改道引致擠塞前，到達灣仔海傍的高級餐廳。媽媽和可樂已在等著。我遠遠朝著媽媽走去，眼前這個女人，穿著有小金鈕綴織綿細邊與細金線的黑套裝，領口別上碎鑽砌成的牡丹襟針，腳上是義大利黑漆皮手工製的低跟鞋，我今天能在別人眼中算是懂事識相有禮貌，這女人真的功不可抹。只是，她怎麼把頭髮染了一撮啡一撮金？

問候寒暄後大家就座，我忍不住小聲問可樂，媽幹嘛染髮？可樂回頭瞪了我一眼。怎麼啦？為什麼麥可跟可樂愈來愈愛瞪我？有話好好說不成嗎……？我還在心裡嘀咕，可樂湊近來在我耳邊說，她如今全頭都是白的，不染不成。我錯愕不已。

可樂挾了一塊乳豬給我，又再小聲補充，她去年生意虧了本，蝕了不少錢，然後那男的又跟她說分手，前後兩個月的光景，一頭黑髮轉眼就白了。

我呆呆的不懂反應，麥可為我碟上的乳豬蘸上甜醬，跟我交換了一個眼神。哦，他知道。可樂跟他真的很親。我一早不就是想望這樣的嗎？為什麼此刻我有酸酸的感覺？我被誰屏擋了嗎？沒有。但為什麼我好像錯過了好些重要的事情？

我還是可以讓麥可的爸媽賓至如歸的，我的面頰都要瘦痛起來了。

宴會廳燈光調暗，人客莫名興奮，煙花開了，在落地玻璃外，在我們頭上，伴著懾人隆隆巨響，無比瑰麗壯觀。眾人紛紛舉起手機拍照，繁華盛世的定格。耳畔是江南絲竹的〈春江花月夜〉，冉冉物華休；絢爛終必過去，好花不常開，好景不常在。我的淚珠終止不住潸潸落下。麥可忽然從後面抱住我，他把我的臉孔扳過來，人家會以為他在吻我，他卻是悄悄為我擦眼淚。他真好。落地玻璃上有煙花，還有我和麥可相擁的倒影；不知情者眼中的幸福。

離去時，媽吩咐可樂陪麥可去叫計程車，要我陪她去停車場取車。我可以說不好嗎？

從前爸常笑媽總是無法記住把車停靠的位置，最誇張的一次，是連泊在那個停車場都沒記住，上上下下找了多遍，差不多要報警了，我搶過她手上的停車票一看，根本就不是我們當時處身的停車場。但今天媽媽很篤定，在偌大的停車場，把手上的防盜車匙解鎖，沒等「嘟」一聲就施施然朝正確泊車的方向走。她命我上車，載我離開停車場，不用我爬樓梯。她開車，在停車場拐了一個漂亮的彎，一邊跟我說，麥可告訴我，可樂常跟那些有事沒事去抗議的學生走得很近，妳只得這一個弟弟，我把他交給妳，妳好好照看著他，不要讓他惹上什麼麻煩，答應我，可以嗎？

媽媽語氣平靜。我可以說不好嗎？

20 我曾答應好好照看你

1.

我不知道麥可是在怎樣的情況下，將可樂參與社運的事情告訴媽媽。我說不出來讓我不安的是什麼，我就是覺得不對勁就是了。最後我什麼都沒問麥可，我怕因此發現他讓我嫌棄的部分。我不想碰。我是愛他的，原來。

只是我變得敏感。我往往待在一旁默不作聲地打量麥可，好像要等著抓他的痛腳似的。麥可問我，妳擔心嗎？妳最近都安靜了很多。他真是懂我。是的，我很擔心；這個城市的未來，還有可樂。

媽媽說：「我把他交給妳。」這樣的說法，其實很惹我憎厭；妳以為妳是他媽媽，就可以如此把快十八歲的孩子私相授受？妳交給我，那妳呢？妳就等著看有些什麼事情發生好來追究我？我不明白。只是，我無法拒絕她的請求——「妳好好照看著他，不要讓他惹上什麼麻煩，答應我。」

這樣的承諾令我消沉。我曾經因為在路上看見可樂和他的同學而心裡歡喜，我會陪著他們派傳單，我會給他們買食物為他們打氣。我和可樂經歷的，是媽媽無法明白的。對，她跟我生活在相同的城市，但因為彼此關注的事物不一樣，於是，就彷彿有兩個內容很不一樣，平行的，香港。媽媽每次經過軒尼詩道、金鐘道，應該都是坐在車子裡吧？她無法理解我們踏足其上的意義與所領會到的。當我們疲累地回到家裡，我們已經不再是當天較早時段，準備出門到街上去的那一個人。在那樣的時空裡，我們的媽媽，就好像是來自另一個星球的生物。這外星怪物如今以另一個銀河系的視點與標準讓我知道，我們一直以為是對的事情，在她的眼中，竟是無比危險與可怕……

——這位外星怪物，曾經在不同時段，被我和可樂佔用她的子宮。她容讓我們帶來各種各樣不適，甚至是疼痛，令她的身體產生無法逆轉的變化，她的荷爾蒙因為我和可樂的出現而混亂，她因此無緣無故狂怒與哭泣，而她居然還忽然就一頭白髮……

媽媽妳真的很可惡，妳知道我無法拒絕妳。而我同時心裡清楚，我決不能阻擋可樂去做他願意為之傾倒體力、時間、感情的事情。

我對麥可說，沒事，你抱緊我就好。麥可把我抱得很緊很緊，而我真的很擔心。

2.

考驗比我想像更早來到。

七月一日。這一天老早就不再是假期，今天是公眾假期沒錯，不過大家心裡明白，大概從二〇〇三年開始，經過這一天，會比沒放假更累。但不去不成，太生氣了，找不到比上街更有效的表述方法。

隊伍仍未出發，身上的T恤已濕透，全是汗，黏答答的。街上喧囂。我遠遠就看見了可樂，他正站在鋁梯之上，拿著揚聲器向路人喊話，素常的歡喜竟消失殆盡，無出的擔憂冒起。我悄悄拉著麥可走另一邊。我無法解釋這樣的行為，是因為怕麥可看見然後跟媽媽打小報告嗎？我不知道。我心情郁鬱煩悶，默默朝向我熟知的目的地與方向。我失去了當下，沒有了過程，只等著完成，彷彿這只是一樁差事。

這些年來，第一次，我在金鐘脫隊。累了，微微發燒。我甫上車就睡著，居然有夢。夢中我帶著只有七、八歲的可樂在不知名的地方，逛鬧烘烘的露天市場，不知如何弄丟了可樂，四處問人有沒有看見長得很像我的小男孩，我慌張得大哭，然後麥可找到了我。是麥可把我搖醒。要不是麥可在身邊，我會睡過站。

我的身軀碰到床鋪就睡死過去，大概睡了四、五小時，忽然驚醒，心血來潮，衝出客廳打開電視，新聞台正直播遮打道的情況。

我沒在畫面裡看到可樂，但我就是知道他在那邊。

我要去遮打道，麥可知道他擋不住我，只好跟在我身邊。

到達遮打道，很快就找到可樂。他正專注台上的發言，我站在外圍遠遠看了他好一會，他現在就是大人的模樣，我想，不再有人會因為他是中學生而手下留情。一股悲傷洶湧而至。他的同學先看到我，向他指點我的位置，他回過頭來四處找我，終於看到我了，他朝我高興地揮手，他的笑容，我永遠記得；如此燦爛，如此真誠。

——可樂，你絕對值得生活在更好的地方；你理應得到你渴望與等待的未來。

然後台上開始講之後可能發生的事情，關於被捕時的應對和如何取得支援……

我心頭一震，就像忽然換上度數配對了的眼鏡，一切顯得清晰而突兀。這一切我都知道，只是第一次看得這麼清楚。我無論如何要擠到可樂身邊去，麥可都無法拉住我。

我在可樂身邊坐下來，可樂很快察覺我的不對勁，我抓住他的手，小聲在他耳邊說，你不可以留在這裡，你會被拘捕。他瞪我，瞪了好久，然後，甩開我的手，只說了一個字，熱。

可樂沒再理我，他靠過去同學那邊，刻意拉開和我的距離。

麥可來拉我，我摔開他的手。可樂剛好看到，他的眼神就是，你們好怪，我不明白你們，我不要理你們。然後他就別過臉去。

麥可擠過去跟他說，是你媽要她來的。可樂厭煩地說，莫名其妙，她幾時開始同意媽媽的？你們就別理我好嗎？身旁的人開始留意我們，我前所未有的難堪。可樂朝我說，妳怕妳就離開好了，這裡沒人勉強別人的去留。可樂，我明明和你是同一陣線的，為什麼如今我們就成了對立的呢？只有留下來才是正確的嗎？離開了就不再支持爭取的行動了嗎？是這樣的嗎……？

21 你的茁壯我的萎靡

1.

我沒有離開。用麥可的說法，我就是痴母一樣，盯著可樂。可樂不再理我。

我轉向旁邊一些男生，看上去年紀比可樂大一點點的，都有些面熟，應該就是以前在宣傳街站上見過，可能曾經幫他們派過傳單也說不定。他們也認得我，我就跟他們有一搭沒一搭聊起來。原來都是大學生，早決定今夜留下來，作為一場預演。我心不在焉，說，我弟弟其實沒準備好……他們也同意中學生可能不大適合留下來，開始幫我游說可樂。

可樂真的生氣了，他獨自走開。

我差不多要在陌生人面前哭起來了，回頭驚覺麥可也不知所蹤。這一個晚上真的很糟糕。我都不曾有過這樣的經驗，對於緊接下來要發生的，竟是茫無頭緒；在我以為已經長成大人，能把很多事情都處理得很好的時候，我莫名其妙又變回了小女孩。

忽然可樂氣沖沖走到我身邊，我還沒反應過來，他已將手掌重重按在我額頭。那動作令我很不舒服，身體心靈都是。麥可也跟著回來了，正要開口說話，可樂已一把將我從地上扯起，我反應不過來，可樂從不曾如此粗魯待我。他一字一字，聲音裡灌滿了憤怒，走呀，妳不是要我跟妳走嗎？現在就走！可樂拖著我離開靜坐人群，我險些摔倒，腳步踉蹌。麥可追上來，接過我的背囊，否則都要掉在路邊了。可樂步速很急，一直拉著我，我都要喘不過氣了，直走到畢打街。路邊停著三、兩部過海的士，可樂也沒跟大家商量，抬手招了車，將我推進車廂，然後他自己坐在駕駛座旁邊的位置，麥可急急上車坐我旁邊。

麥可小聲跟我說，我告訴他妳正發燒……

可樂知道我從倒後鏡窺視他，故意別過臉去不讓我看。他頭髮長長了，上學的日子他每個月會去修髮，不用上學之後，好像就沒去剪過頭髮。他現在的樣子已經一點都不像中學生，他留長髮的樣子很好看，居然有了一點大學生的模樣。他剛滿十七歲，九月就要當大學生了。生日那天，他跟朋友去露營，我答應了下週請他去慶祝十六歲生日的高級餐廳，我答應送他一部手提電腦……但我知道都沒有用，如今他徹底地對我生氣；十七年來，我沒看見過可樂這麼生氣。

我掃視他的後腦勺、光看他的頭髮，都可以知道他非常非常生氣；為什麼我會知道？因為我是他姊姊。世間有各式各樣的姊姊，我是比弟弟年長十二歲，看著他從襁褓嬰兒長成身高一百七十五公分大男孩的姊姊，他每一個動作表情、就連衣服的皺摺我都讀得懂。

那天晚上很難過，所以格外漫長。我們三人窩在一張沙發上，半睡半醒盯著電視機。我沒睡熟，知道可樂為我蓋被。我很想伸手位住他的手，但我不敢，他依然生氣，氣我令他不能留在現場，最終只能當上旁觀的人。

天亮之後，我和麥可都沒上班；我仍沒退燒，麥可要照顧我。日正中天，遮打道上一共有五百一十一人被捕。因為我的緣故，可樂不在其中。沒有人會感激我。可樂在電視機前痛哭失聲，我抱住他，他無動於衷。他猶如被獨自遺留在大水洶湧河邊的人，而我只能在對岸遠遠觀望。

——可樂，你等我，只要潮退的日子來到，我必定會涉水踏沙回到你的身旁。

2.

兩週之後，文憑試放榜，可樂的成績一如所料，順利進入香港大學。

其實媽媽真的不用管他，更不用擔心他。

我說我陪你去辦入學註冊，我知道他心裡不樂意，但就是找不到拒絕我的理由。我沾沾自喜。我約他在大學裡的咖啡店碰面，他老早熟悉這地方，我念大學的時候，他天天在這裡混。我就是要他記起這些。可樂當然知道我在想什麼，他只簡短回應了一句，所以，妳老了。好，可樂你真是我的好弟弟，你的刻薄得自我的真傳。桌上兩杯冰美式，我真的想不起來，可樂什麼時候開始不再喝浮著棉花糖的朱古力。可樂全程對我愛理不理，我沉不住氣，大聲朝他「喂」了一下。他嚇了一跳，警惕地將面前桌上的咖啡杯取走。我幽幽說，你姊我老早變乖了，現在都不作興拿起杯子潑人。可樂終於笑出來。

——原來我已經大半個月沒聽過他的笑聲，這可是一個紀錄。

再次聽到可樂的笑聲讓我心情好得無比。我挽著他的手沿著山道直走到西環海傍，看久違的落日。我想到什麼說什麼——你要從家裡搬出來、你要談戀愛、你要加入學生會、你要結交能一生相伴的好友、你要當交換生、你要喝醉酒、你要熬夜、你要去做以為自己做不來的事情、你要一天當兩天用……

可樂喃喃說，姊，妳真的很厲害，妳看夕陽都可以看醉……

啦啦啦啦，我知道可樂不再生我的氣。

然後他跟我分享了他的祕密——他沒跟從媽媽的意願報讀法律學院，他選的是「社會、政治及行政學系」。

如果我真的看夕陽看得醉掛掉，這會兒也立馬醒了。可樂大概以為我會說些什麼，我什麼也沒說。

我想，可樂你一直很乖，從沒做過惹爸媽生氣的事情，如果你今天決定要讓我們見識你的反叛，我們沒有逃避的理由。你不應該因此失去我們的愛。也不是我撐不撐你，你已經比我想像的更高大強壯。

天色黯淡之前，街燈先亮起，空氣裡有微微的潮濕與清涼。一切晶瑩無比。這段時光好得彷彿可以剪下來夾在喜愛的書本裡收藏。被未來充滿的可樂，在暮色中就像會發光。這樣的可樂我永遠不會、也不可以拒絕。

熱氣在城市裡蒸騰，更多的不安乘著溫度升高而擴散，還沒開學他們就在談罷課的事情。

22
星期五的晚上

1. 可樂沒住宿舍，媽媽居然沒問細節就讓可樂跟三個同學租了房子合住。房子在堅尼地城，老舊髒亂的大廈，可是一點也不便宜。可樂早跟我說了，開學之後，要我讓他當戶外推廣活動的臨時工。媽媽甚至沒要求去看一下可樂的新居所，她果真是累了。也許她真的以為可以將可樂交給我，然後她就一勞永逸。她真的什麼也不懂，她沒有能力想像她生出來的孩子能做出怎樣的事情；能被大人估量到的青春也未免太乏味。我開始隱約明白，所謂，兩代之間。是的，可樂就是要做些上一代人不會做的事情，如果年輕的生命只能走成年人走過的路，重複去做他們做過的事情，這世界就真的徹底絕望了。

開學之後我就找不到可樂，好不容易找到了，他跟我解釋是手機沒電，說最近的訊息流量超多，手機轉眼沒電，後備電池要多帶一塊才招架得住。我知道他一直留在政府總部外的集會。我問他下週的戶外活動要幫工，能來賺外快嗎？他說，很想來，但應該來不了。他思索了好一會，說，過了十月再算好不好？十月之後，很多事情應該能定下來了。我問，錢夠用嗎？他回答得乾脆，夠。這些年來可樂收下的紅封包大概夠他去歐洲住兩個月，他跟我不一樣，他都不花錢；心情壞透的時候就一個人帶著籃球去練射圈，我可是要花大錢才能平復心情的。活該我做牛做馬。我看著他燦然的笑容，怎麼說呢？讓我妒忌。年輕真好，有理想真好。

我就只能問一句，錢夠用嗎？八月底之後，如果我仍去拉著可樂的後腿，我也枉稱香港人了。

我不知道從不看新聞的媽媽，是如何感受到城市的脈動。我相信麥可到了這會兒，也做不出打小報告這種事情。媽媽莫名焦躁，單刀直入問我可樂有沒有參與罷課，我想都不用想就答沒有。有一些人就是無法承受真相，久而久之，理解事物的能力也會下降，我說了她也不會理解，何必讓她抓狂呢？

2.

星期五晚上，竟比平日早下班。我心血來潮，打給媽媽，她居然沒約會，我就說要跟她吃飯，她也沒拒絕。我提議了一個老地方，她也爽快說好。席上媽媽很安靜，對我點的菜也沒異議，心情不錯。麥可沒來，我讓他透透氣。這陣子公司和街上的事情都讓他累壞了，他開始無償替一些社運團體設計行動海報和標語。我開了一瓶紅酒，跟媽媽說，想喝就喝，別怕，待會我送妳，車子就泊在這邊好了，明早我叫麥可來替妳開回家。

喝了酒的媽媽比較好相處，人放鬆了，語調變得低緩。她沒醉，其實她酒量很好，起碼比爸爸好，從前都是她為爸爸擋酒，現在爸爸很能喝了吧？眼前這呷著紅酒的女人，用她剛學會的韓語跟侍應開玩笑，這樣的媽媽是我沒見過的，要愛上她好像也不太難。我與媽媽有一搭沒一搭談論著可樂、麥可和爸爸，還有舅舅。我們有意無意的說起了從前，毫無芥蒂與執著，只是如實呈現回憶中暈渲的顏色與暖和的溫度。

——這樣的晚上，是會令人以為可以回到最初的單純和美好的。

只是，麥可一直來電。我沒接聽，不想被打擾，好久不曾跟媽媽有過這麼親密的交流；原來我是希冀的。甜品仍未上桌，我收到訊息，只四個字，「可樂出事」。我鎮定走到接待處打給麥可，電話那頭鬧烘烘，完全無法聽到麥可在說什麼。沒聽到，多少能想像到。我心焦如焚。

我強裝若無其事回到桌上，媽媽看著我，問，妳醉了？我當然不是醉，是我擔心的事情讓我腳步不穩。

我匆匆結帳，假裝真的醉了，也就不用送媽媽回家。吃飯的地方其實靠近金鐘，走在街上我差點以為聽到了鼎沸人聲和吶喊。待媽媽一上計程車，我即轉身朝政府總部發足狂奔。我的衣著打扮和足上的三吋半高跟鞋，還有我奔跑的姿態，令途人側目，也與我的目的地格格不入。

我遠遠就看見公民廣場外人頭湧湧，其實人數不算太多，但不安與躁動在人群中蔓延，有些什麼事情發生了。我從外圍的人口中知道，有人攀過圍欄衝進廣場裡去了。我知道可樂在裡面，我就是知道。我竭力要往圍欄的方向前進，有人在推擠，更多人阻攔，我腳下不穩，幸好身後兩個男生將我扶住。他們打量了我一下就跟我說，妳還是留在後面吧。也沒理會我是否同意，就合力將我挾到外圍去。我大叫，我要找我的弟弟。他們是有聽我說話的，他們問，妳弟弟叫什麼名字？我告訴了他們，他們將我安頓在馬路中間的石礐[16]上，就回過頭擠向圍欄的位置。

我在石礐上看見群眾都舉起了手，以示他們的清白，毫無攻擊之意。我又看見打開的傘紛紛從天橋上落下，被暈黃街燈映照著，一朵一朵，奇異的花，群眾接過就用來遮擋胡椒噴霧。我永遠會記得那股辛辣的氣味，還有噴射出來時「嘶、嘶」的聲音。就像毒蛇。時間停頓，事情膠著。身旁一個女生遞給我紙巾，我才知道原來我哭了。又有人遞過來一瓶水，我才知道我渴得不得了。

悶熱。空氣中都是汗腌味。這晚上的一切，我從未經歷過。

然後我看見三個人朝我走來，真好，那兩個男生沒丟下我，他們果然回來找我，還

16 石壆，馬路上用以分隔方向的混凝土製石塊。

有麥可。我不知道他們怎樣遇上，總之他們證實了可樂果然在裡面。我蹲在那裡，腦裡一片空白。

——他們要不拘捕，要不釋放，幹嘛這樣將孩子困住？

距離天亮還有兩個多小時，他們將圍欄打開了一道縫，陸續有一些人從廣場內出來。其中就有可樂。

23 世界從此一分為二

1. 天亮之前，可樂被攙扶著，從打開了一道縫的圍欄裡走出來。留下與離開的，都有自己的理由。可樂的腳踝腫起來，昨夜他攀過圍欄跳落地上的時候，扭傷了。

在廣場上熬了一個晚上的可樂一拐一拐走到我跟前，我當時已脫去高跟鞋，背倚石礐半坐臥在地上休息著，我站起來，找不到可說的話，只有緊緊抱住他。一夜之間可樂好像長高了許多，我將臉埋在他胸前，他身上一股刺鼻汗餿味，我沒將臉移開，由得眼淚直流。我們恍似逃難的人，好不容易與親人重逢。我永遠不會忘記這一個晚上的聲音、濕度和氣味。

可樂不願離開，瞪著自己已經腫起來的足踝發呆。

大家勸他去看醫生；認識的不認識的，都向他擔保，會代他守下去。

原來可樂很能忍受身上的痛楚，卻受不了潮濕悶熱。他願意跟我和麥可離去，是想要回家洗澡。洗過澡之後才肯乖乖聽話去看跌打。跌打醫館裡有電視機，正在直播新聞，跌打醫師一邊揉著壯漢的小腿肚一邊議論著政總門前的風波。壯漢應該是早上沒熱身就落場踢足球受的傷。可樂二話不說站起來，一拐一拐往門外走去。醫師把可樂叫住，喂，你，幹嘛趕著走？你的足踝是如何受傷的？可樂回過頭來，指著電視機的畫面對醫師說，我就是從那道圍欄上跳到地下受的傷。說完頭也不回，我和麥可急急跟上挾住可樂遁走。

走過了兩個舖位，都能聽見醫師罵可樂，夾著髒話。

最後我和麥可陪著可樂去急症室。排隊輪候超過五個小時，正好讓可樂補眠。麥可覺得無聊，走開了不知道是抽煙還是買咖啡，回來時，讓我看他遠遠用手機拍下我和可樂的樣子。照片中的可樂倚著我睡得熟死，我面朝鏡頭，其實是無意的，那眼神有些累有些茫然。我很喜歡這照片，就把它用來當手機的背景圖片。麥可竟微微生出了醋意。

媽媽打電話來找可樂，我臉不紅心不跳告訴她，可樂不在金鐘，打籃球扭傷足踝了，正在等看醫生。然後媽媽就放心了。

媽媽說她明天要離港去辦貨，五天後回來。

我想起升中之後就去外地升學的同學，他說他最耿耿於懷的事情，就是明明六月的時候在啟德機場出發，十二月回到香港來，飛機再也不是朝矮矮的平房俯衝下去，卻降落在一片空曠叫赤鱲角的地方。新的機場不錯又大又明亮，他就是覺得崩缺了一塊，循環無法完成的樣子；時間過去越久，失落的感覺就愈強烈，說也說不清楚。

——媽媽五天之後回來；五天，一百二十小時而已，然而香港已經不再一樣。媽媽永遠無法補回她錯過的部分。其實不止媽媽，很多人也失落了這一片。這些失落了的人，窮其一生也將無法想像群眾親身經歷的激動與離奇；因為那是在這小島上一百五十年來也未曾有過的。以致這樣的五天，令彼此彷彿就似生活在不一樣的香港。

2.

我在午夜收到訊息，從去年就預先張揚的佔領事件終於要發生。大家久等了；既然我們要求的，連協商的機會也沒有，事情就是會這樣發生哦。我要叫醒可樂，可是，不知道是不是止痛藥的緣故，可樂睡得很沉。我去收拾準備，麥可又去搖了可樂，可樂咿唔了一下，還是沒醒過來。

我只好留下字條給可樂，告訴他我們到金鐘去。清晨時分，我和麥可揹起背囊出發。

我們到達的時候，公園裡的人不多，早上八、九點的陽光和煦，空氣裡完全沒嗅出絲毫焦慮與不安，居然給我一種假日消閒的錯覺。

人們在下午才開始聚集起來，場面漸漸變得喧囂。人愈來愈多，有些就給擠到人行道外。晚來的只好站在路肩，人數一直上升，然後就有一些人走到馬路上去，吶喊著，隨後的人群就走出了馬路。就是這樣。

就是這樣。

沒有誰主使，每個人都是自主的，走到馬路上。就是這樣。我和麥可也在其中，沒有特別的不安與恐懼。也不是要向誰挑釁，只因為人實在是多，想要一片能讓我們停留的空間，就是這樣。

鬧烘烘。遇上阿草，還有好些同事、同學和好久不見的朋友。我們都在。

太陽開始下山，我的手機沒電，訊息太多。居然遺忘了要帶後備電源。人們仍沒有很確定的方向，總之就是不要現在叫我們回家的意思。我一直在擦汗，記得正回過頭來跟麥可說，日落之後應該會清涼一點了吧……？忽然前面發生了騷動，人們好像看見了一些很可怕的事情，然後，硝煙似的東西在身邊騰起……

麥可拉著我狂奔，人馬沓雜，我反應不過來，耳邊就是一下一下仿似槍響的聲音與人群的驚呼和吶喊。

後來才知道是催淚彈。

——我們究竟遇上了什麼事情？

有沒有人受傷？有沒有人被捕？不知道。

可樂也來了嗎？不知道。

騷動稍息，人們在路上坐下，輸送著手邊的物資，彼此問候。我們不是誰跟誰跟誰，我們一起歷經了從未有過的震撼；那是我們從沒想像過的打擊、折辱與傷害。我們是命運相連的無名群落。我們一起留下，我們一起離開，從此以後，誰也不能拆散我們。

午夜之前，我借了陌生人的電話打給可樂，沒人接聽。

麥可睡著了，就那樣橫臥在馬路上，眉頭蹙得很緊。我翻出筆和記事本，我非要把這個星期日下午的事情記下來不可。只是，我在空白頁上寫下「九月二十八日，晴」之後，就再也寫不下去。

24 九月二十八日，晴

1. 我素來不是有寫日記習慣的人，但這一個星期日下午發生的事情，就是令我覺得非要把它記錄下來不可。我要的紀錄並不是在臉書上放張照片，讓別人知道我在這裡。我一定要寫下來，那是私密的紀錄，單單為了我自己；安神，鎮魂。

然而，當我開始書寫，我竟陷入茫然失措中。我看著眼前橫躺在我跟前的無數陌生人，連結下午的經歷，我無從著手；它洶湧澎湃，出乎我意料之外的巨大與複雜，並且毫無因果可循，動魄驚心。我無法整理。就算我說服自己，逐字逐字地寫吧，我都只是記下了一些無法啣接的斷句，如「我們如此振奮」，或，「我以為會死在這裡」……然後，我發現，我要是無法冷靜複述這個黃昏，它在我的心靈將無處歸檔；它只能以最原始的模樣被記住。日後每當我想起這一個星期日，它都是以發生的當下、一切進行中的狀態向我展現出來——我們的喧囂與憤慨催淚彈發射的聲響滿地瀰漫的刺目煙霧發足狂奔的恐慌與吶喊不停流下的鼻涕與淚水以為自己會在這個黃昏死去的驚懼相信自己如此這般為這個城市死去的悲愴……。在我每一次想起的時候，這些聲音、情緒、氣味、動作、畫面，將會永遠都是那麼新鮮，一遍又一遍刺激著我。猶如襲擊。這一個黃昏就這樣凝結成塊，沉墜進我心坎最深處。

它——永——遠——不——會——過——去。

午夜之後，有人離開；部分因為害怕傳言是真的，不少是因為家人催歸，有些則是連續幾天都在街上實在是累透，很多說要過海到旺角去……。留下與離開的，都有自己的理由。志向相同就好。

集結了上萬人的街道，到了深夜，竟出乎意料的安靜。我一直沒睡。我將風衣蓋在麥可身上，遠處有小撮仍是清醒的人，走近了，才知道正在祈禱。我加入了他們。我素來沒有這樣的習慣，此刻卻找不到抗拒的理由；我需要寧謐的力量。天亮之前，我想起不遠處的小街上有聖堂，清晨有彌撒。小街有美麗的名字，「星」，彷彿能指點迷津似的。我悄悄起來往星街走，有人小聲問我是否要離去，我說要去望彌撒。沒想到好幾個人都起來要跟著我走，看上去都不是平日會上聖堂的。

小時候念天主教小學，曾有出席彌撒的經驗，之後就沒再走進過聖堂，就連參加婚禮也沒有，沒想到我仍能完成儀式中的對答唱詠。塵封記憶在這個清晨給抖出來。曾領受過的，是不會遺失的，對嗎？會一直藏在大腦曲折的皺摺間，只是被後來的看似更重要的事物掩埋了。那麼如今這個城市裡，為什麼竟有這麼多人，輕易忘卻從前曾體會領受的美好？

「我當不起你到我心裡來，只要你說一句話，我的靈魂就會痊癒。」——我仍能說出這答句，只是我並沒有比小學時明白更多。然而卻隱約領悟到，我的靈魂深處，某些部分，確然受了傷。

彌撒在七點半結束，一起從金鐘道走過來的人，有些離去上班，答應了有什麼變化就會立刻趕過來。其他幾個和我朝夏愨道走去，自然得就好像回家似的。

我們什麼都沒說，安靜地走著。我忽然不想呆在同一個地方，想看一下其他聚集點的情況，就沿夏慤道走上本應是行車的天橋，朝干諾道中進發。

我往夏慤道的高點走去，前面就是沒有汽車行駛的干諾道，也聚集了無數的人。忽然，晨光之中，我看見可樂出現在天橋的最高端，緩緩走下，朝我走來。

我再也別無所求。

2.

我那天沒上班。我在知道行動開始時，就跟老闆請了假，一個星期。反而麥可睡醒了就說要回辦公室，因為之前答應了今天要交出設計，人家來開會，不能改期。你這會兒真的還能跟人家如常開會嗎？我覺得怪怪的，又不能說麥可不對。麥可很快又回到了金鐘，將餵飽了電的手機交給我，說，妳媽找妳和可樂，說要改機票立刻回來。

我接通了媽媽的電話，她劈頭就問我和可樂是否在金鐘，我答，是。她發飆，說要立刻回來。我說，好呀，妳來夏慤道找我們。媽媽大概是呆了，我沒等她反應，把電話掛斷。都已經說得這麼清楚，我沒有其他可補充的了。

可樂在我身邊，他醒著的時候我睡，我醒了就輪到可樂睡。我們什麼都沒說，唯一討論的是，餓嗎？要吃什麼？

大家都不想回家，擔心離去之後，事情就變了樣。

沒人知道接下來該怎樣。無先例可循。

很累。

星期五晚上和可樂一塊攀圍欄的同伴陸續保釋出來，可樂去找他們。我明明跟群眾在一起，但卻覺得只剩下我一個人。最後唯有跟著麥可回家。

回到家裡就昏睡過去，不省人事。

醒過來的時候頭痛欲裂，以為自己還在馬路上，也攪不清楚此時此刻是幾月幾日星期幾。麥可告訴我今天是假期，我只覺得混亂。仍是那麼悶熱，天色卻是陰翳的，黃昏時分，大雨傾盆而下。

我帶著參加越野賽的高功能雨衣要去找可樂，麥可想要攔我，卻提不出理由。最後他有些生氣，說，你病了我不理妳。我裝著沒聽見，穿上雨靴出門。

那天晚上的雨大得像是一場考驗，可是大家仍是聚結在馬路上，沒有離去。以後就更沒有離去的理由了。

媽媽果然是說說而已，她沒改機票，仍是在出發的五天後，才帶著要賣的貨回來。她回來的時候，夏慤道上已經張放了好些營帳。

她問我可樂在那裡？我說，在夏慤道，金鐘往中環方向，左面數過去第十二個藍色帳篷裡。

25 我們流連在轉機大堂

我的七天假期轉眼過去，但事情膠著，絲毫沒有在數天內就能平靜下來的意思。我有些苦惱。麥可卻是天天上班的，下班就往金鐘，有時候甚至會再去旺角或銅鑼灣。我在假期結束正式上班的第一天，比平常早了一個半小時起床，先買了早點到金鐘，送去給可樂和他的同學，然後就從金鐘徒步到上環的辦公室。我整天在辦公室裡都是心不在焉，下班直奔金鐘。天還沒黑下來，馬路上的景致，又跟我早上看的不大一樣；帳篷多了，又多了一些配備和裝置，甚至有了規劃，騰出並且陳設了讓學生做作業溫習的地方。已經是部落了，而且這部落在不斷長大。

我漸漸抓住了「節奏」。早起，先到金鐘，看可樂有什麼需要，稍後替他帶過來。

回到辦公室就盡快完成手上的事情，堅拒加班。平日磨蹭兩天的事情，現在我一個下午就可以搞定。原來這世上真有「熱情」這回事。下班之後匆匆吃個簡餐，就帶著點心趕去金鐘。有時候到了可樂的帳篷，我會累得倒下就睡。晚上清涼，我睡得很熟，可樂和麥可也不忍把我叫醒，於是，我的手提包裡會多放替換的衣服和梳洗用品。

可樂的帳篷，成為我的重心與方向，我有了目的地。每天來往於家、辦公室和金鐘，我的一天彷似被拉長了許多，好像有三十六甚至是四十八小時似的。我知道不止是我，很多人也有相近的感受。這個地方，讓每一個人到來的人，都比從前多做了很多事情。這真是一段奇異的時光，失望的同時竟也充滿了希望。

有一天，夜裡，我和可樂坐在帳篷外的小摺椅上，有人送上熱的紅豆沙。小摺椅不是可樂的，也不知道從什麼時候起就放在這裡，我坐了，沒人來追究，有時候其他人見沒人在坐就拿去，之後還是會放回來。給我送上紅豆沙的人，我並不認識，經過帳篷前，我朝她笑，她也朝我笑，之後就給我們送來了紅豆沙。改天我帶了點心來，也要送去給她。

可樂吃完紅豆沙就傒著我打瞌睡，我忽然有種錯覺，就是回到了某年夏天的杜拜機場，深夜，等著上機到倫敦。應該就是我剛上班的那一、兩年，我答應帶可樂到歐洲，當時為了省錢，轉機的航班沒能接上，就在機場等了一個通宵。當時不敢睡，怕睡著了就誤了航班，可樂倒是呼呼大睡。可樂醒過來，問我在想什麼，我告訴了他那個晚上等候轉機的事情，他說他已經忘了。然後，他說，沒想過今天這麼多人一起在這裡等候轉機。我聽了，以為他說這裡像候機室，心裡納悶，不像呀，想開口，卻沉沉睡去。

第二天，我將可樂的髒衣物帶回家洗濯，擠在列車車廂中，終於明白可樂的話，「一起在這裡等待轉機」。我們確是誠心等待轉機。我抱著他的髒衣物，心裡默禱，會等到的。

這個大家叫做夏慤村的地方，除了自行長大，還帶著一股魔力。可樂跟我說，媽媽來找他，然後他陪著她在村裡走了一圈。開始的時候，就是媽媽在不停地碎碎念，走著走著，媽媽就靜下來了，第二天，媽媽煮了好大一鍋的老火湯，叫可樂幫忙送去金鐘給同學們喝……

然而我沒辦法把爸爸帶到金鐘去。很多人都沒親眼看過，卻對留在馬路上的人，生出無比的敵意與偏見。

爸爸在十月中回到香港，「召見」了我和可樂。「召見」是媽媽的用語，意思是爸爸生氣了。我多少想到是關於我和可樂留在金鐘的事情，其時可樂已回校上課，不過早晚仍在帳篷裡。爸爸約我們在中環一間他素常作商務應酬的高級中菜酒家裡見面。我把麥可也叫上，他和爸爸還沒見過面，我想在陌生人面前，爸爸不好發作。

我原來還沒好好認識爸爸；一如爸爸對他的兒女一無所知。

我們還沒來得及錯愕，爸爸就提出請麥可先離去。很客氣，但冷漠，非常非常的傲慢。他是這樣說的，這是我們的家事。家事？哦，他是家長。麥可比我世故，禮貌地告辭。然後廂房的門一關上，爸爸轉身就抽了可樂一個耳光。可樂完全不懂得反應，當場怔住。我們全被嚇倒，媽媽急得上前攔住爸爸。

爸爸用很多我想都沒想過的字眼罵我和可樂，說我們根本不知道自己在幹什麼。我說，那你知道我們在幹什麼嗎？爸爸抓起薄瓷湯匙羹向我擲來，落在厚厚的地氈上，什麼聲音也沒有。我不認識這中年男人。他說我和可樂「反了」。我們反了什麼，他明白嗎？難道說我們是為了自己的利益去攫奪他人嗎？我們想要的是什麼，他理解嗎？

——我們想要的，不也是你從小就教導我們的嗎？

爸爸重複地說，要不是我一直辛苦經營，你們能過上現在這般舒適的生活嗎？你們就是不會飲水思源……說的時候就像他比我們更傷心。

我毫不懷疑爸爸的真心，他由衷相信攪不清楚狀況的是我們，不是他，是我們闖禍了。更糟糕的是，他認為他對這個城市的愛不會比我的少，這才是問題所在。如果說我生氣，倒不如說是震驚，原來價值觀可以如此徹底被替換。我們的標準不再一樣。我沉默了。

爸爸罵完我和可樂，吃了一碗紅燒翅，邊吃邊說這道菜還是香港做得比大陸好。然後就帶著他的手提行李到機鐵站，回上海去。

當晚我徹夜無眠。發現原來麥可睡熟了也會打呼，還有就是，我其實從未試過失眠。清晨時分，我下了決定。梳洗之後，帶了早餐到金鐘，在帳篷前邊吃邊跟可樂說，我一定會陪在你身邊。

——就讓我們一起等待轉機。

然後我回到辦公室，遞了辭呈。

26 當土地長出錢而不是花

1. 我說過我處理情緒的方法就是花錢，被爸爸痛罵後失眠的晚上，我做了這一生最花錢的決定。

我要跟阿草、麥可成立一間公司，接我們覺得有意思的案子。無論這城市變成怎樣——如果變好了，我們理應如此，但要是變得更壞，則我們更要想方設法擁有屬於自己的空間。微小的空間。不一定能改變些什麼，但就是要佔住那小小的位置，讓大家知道，主流之外還可以有其他的選擇。可能只是路上的一張海報，牆上的半幅塗鴉，空氣中飄浮的數句歌詞……縱使稍瞬即逝，也要展示不一樣的想法和做法。那肯定是會賠錢的了，所以我要有很大的一筆錢。

早上到辦公室遞了辭呈之後，我到律師樓去跑了一趟，事情比我想像中簡單。下午隨意走進一間地產代理店，傍晚就有好幾個人有興趣看房子。原來買賣房子是這麼輕而易舉的事情。

爸爸不是說我們反了嗎？他真的不知道自己在說什麼。這一切都是我們的選擇。他當天害怕離婚後媽媽會把房子搶走，把房子轉到我名下，他沒想過有一天我會把房子賣掉。我也沒想過，這真的不是我素常的行事方式，或許，我最後也成了叛逆的人；在我徹底失望，不再願意去多作解釋的時候。

只是——九百五十萬？！

爸媽當年用二百萬不到買進的房子，十年光景，市值翻了接近五倍。他們還要說，時局這麼壞，市道如此差。在他們口中這個被年輕人攪得一團糟的城市，原來要賺進七百萬是如此輕而易舉。爸爸昨晚說，很多事情你都還沒有弄懂。我打從心底生出厭惡，不是我不去弄懂，不是我不明白，是我拒絕接受。我不接受二百萬從十年間莫名其妙漲成九百多萬。我無法接受將人的基本需要，變成可供操控的賺錢工具。

當銀行本票交到我手上的時候，我既痛快又難過。那真是可以令人著魔的玩意。我背靠冰涼的大理石櫃枱，將本票放進手提袋時，忽然記起了，爸爸戴著闊邊草帽在陽光下料理植物的樣子。他曾經是喜愛種植的人，小時候住過的房子的陽台上，都放滿爸爸的盆栽，會開花的會結果的一大堆綠油油。最誇張的是他在祖父、母家的天台種了一棵每年結出酸澀果實的檸檬樹。他是從什麼時候起沒再碰過泥土？大概就是他以為他能種出金子的時候。

我沿著干諾道往金鐘走去，剛步上行車天橋，就看見了一株給移種在馬路中間的小花。夕陽中，很神氣。就是這樣。

2. 麥可、阿草和可樂知道我遞了辭呈，都由衷地說好。那反應甚至是有點鬆一口氣的感覺。由此可知，過去三年，我在工作上所承受到的壓力，多少都影響了他們。

但當他們知道我接下來要做些什麼，三人的反應就很不一樣了。

可樂很直接，用力地跟我握手，大聲說恭喜。當他知道我開公司的錢，來自賣掉爸爸的房子，他叫了一句，Bravo！給我一個很有情義的結實的擁抱。我知道，從此以後，我不止是他姊，我跟他是兄弟。

可樂讓我充滿力量。

阿草嘛，直接說就是開心，我知道她是想跳起來的，但她這個人，無論如何也要堅持當那個最理智的人。她冷靜地潑了一大盤冷水。我由她，就當讓她情緒緩衝好了，後來真的有點不耐煩，就直接問她，那你跟不跟我來？她答得爽快，跟。

阿草讓我充滿力量。

至於麥可……怎麼說呢？我沒想過他會這樣。我告訴他我做了什麼，為什麼要這樣做。他一直沒出聲，他漠然的反應令我有點說不下去，他卻示意我繼續往下說，然後，他停下手上的動作，盯著我看，良久。其時他正在煮義大利麵，我真的不該挑這樣的時刻來跟他談事情。我吃著糊掉的義大利麵，默默聽著麥可教訓我。

麥可說我衝動幼稚。他說，妳要一直闖禍到什麼時候？我不明白妳。

我看著他越說越生氣，我沒有反感，我知道這個人是愛我的。我們相愛，但我們並不明白彼此。

我沒反駁他的話，他終於停下來，用叉子挑起義大利麵放進口，訝異我竟能整碟吃完。我說，因為我愛你。他趕忙說，我們去街上吃點別的。

我拒絕了，因為我吃不下。不是糊掉的義大利麵撐滿了我的胃，我對付難吃食物的方法，就是當沒吃過，我的胃納量從來驚人。我吃不下是因為我傷心。

麥可讓我傷心。在我準備要做人生中最重大的一件事情時，他的反應讓我傷透了心。他可以懷疑我的能力，他甚至可以不支持我，但他不可以不明白我的決定。他要是不明白我想要做的是一件怎樣的事情，那麼我們過去無數的並肩與共鳴，其實是些什麼？

我跟麥可說，你先把你的東西帶回家。他以為我要跟他分手。我開始將房子裡的物件打包，準備將房子交吉。大部分傢具雜物都要送往迷你倉寄存。迷你倉真是天下間最悒鬱的地方，彷彿所有世間遺忘之物都給置放在這裡。我看著東西移到倉內堆疊起來，忍不住打了電話給麥可。我說，你縱使不明白我不支持我，但你可否也陪著我？

麥可嘆一口氣，說，還有其他的方法嗎？

我一定要記住這一切事情的初衷，貫徹地付出。我希望麥可終有一天能夠了解，明白他所做的事情的意義，並不只是在於他溺愛我。

27 麥草可樂

1. 麥可願意陪我走下去，但他開出了條件；無關收入與利益，他要我將三百萬存入爸爸的戶口。他說，是他合理應得的。我說，只能是一百五十萬，餘下的一百五十萬是媽媽的。麥可無異議。

我在觀塘某工廈租了一個八百呎的單位。老舊敗壞的房子，租金一點不便宜。業主要我們擔保不會在單位內留宿，否則要加繳三千元租金，說會觸犯法律。最後他還是在原本說好的租金上再加了三千塊。我不明白。如果擔心我們觸犯法律，為什麼不是趕我們走而是將租金調高？麥可說，就是這樣。我不明白。

我們花了一個星期的時間清理整修老舊的單位，清水牆上漆最便宜防潮易清潔的漆油。可樂和他的新朋友都來幫忙，都是他的大學同學。我們去傢俬店選桌椅，可是嫌貴，可樂的朋友就提議不如自己動手，他們都在金鐘學會了簡單的木工。麥可跟這一夥男生動手幹得得興高采烈，阿草看著卻覺得不妥。我知道阿草並不是看不慣他們的手工和製成品的質素。第二天，阿草領著她好不容易找到的老師傅來到。老師傅姓徐，帶著全套工具，從此全體男生聽他吩咐。阿草在紙頭上寫上徐師傅的日薪遞給我，我看了一眼，點頭，麥可走過來，看了紙上的銀碼，雙眼瞪得老大，小聲說，比傢俬店買的更貴耶，我不明白。

我想起我也曾經說過，我不明白。我將麥可拉到一角，為他沖了一杯咖啡，叫他好好聽我說。我說，對，我想要做的，就是這樣的事情。我將麥可按住，你不要激動，先聽我把話說完。如果說我要有屬於自己的辦公室，更真實的說法，就是我想要守住一個小小的空間。在這空間之內，賺錢並非事物進行的前提與標準，我們將不會盲從商業運作的價值觀與標準，如此作為並非任性，相反我們必須時刻思考，反覆叩問，清楚了解每一樁事情的因由與初衷，然後找出最好的方法去把它完成。

要最好的，不是看上去不錯，要找出能讓這周遭處境變好的步驟，就算它毫不起眼，極其微小。是的，我們會很累，我們做的事情，最後可能只會讓我們看上去很笨，但我們知道，我們想要成就的事物，是我們真心想要留存下來的；縱使這一切看在別人眼中，都是無用之事。過去我每逢遇見看不過眼、與我的價值觀牴觸的事物，我只會說，我不明白。我答應你，從今以後，我會去盡力理解我不明白的，同樣的，我也希望你能去理解你口裡說不明白的事物。

麥可盯著他手上的咖啡杯說，要我留下來，你真的要好好學會沖咖啡。

徐師傅在七天之內完成我們需要的桌椅櫃架。他執拾工具離開的時候，一眾男生依依不捨，包括麥可。麥可問他，以後可以繼續跟你學木工嗎？我想做一張小板櫈。其他男生起哄追隨，有人說要書架，有人說要小筆盒。

於是，公司還沒正式營業，第一個項目已經出台，就是徐師傅的木藝工作坊。

2.

我記得那天算是將一切都攪定了，連地板也洗刷過，我和阿草、麥可累得橫躺在地上，不約而同瞪著辦公室入口的牆上，就是欠了一塊招牌。

我斜睨了一眼旁邊的小黑板，上面寫著可樂為我們叫外賣的紀錄，他用了我們名字的縮寫，我喃喃讀著那四個字，「麥草可樂」。公司名字就這樣定下來了。

正式搬進來之後過沒兩天，有陌生人推門伸頭進來問，是喝咖啡的地方嗎？阿草和我對視，聳聳肩，有何不可？結帳時，我取出空的餅乾罐，請他自行將他心目中一杯咖啡的費用放進罐中。

後來，大家提起「麥草可樂」會這樣說，那是很不錯的歇腳處……

公司叫「麥草可樂」，每一次派名片都要解釋一次，不，我們不是飲品公司，這是四位股東的名字縮寫。然後每一個收下名片的人，都會記得我、阿草、麥可和公司的名字。

3.

我請媽媽來「麥草可樂」，她走進工廈大堂時半信半疑。我說妳沒認錯，爸爸從前的工廠在四樓，我在八樓。他放棄的，我繼續。阿草遞給她玫瑰花茶，她打量四週，問，妳們開了咖啡店？我將銀行本票交給她，跟她說我如何賣了房子、如何與阿草、麥可合組公司。她難得一直沒插嘴，閉目養神的狀態。就在我以為她睡著的時候，她站起來抖擻精神，說，來，我們去金鐘探可樂。

我和媽媽抱著肩坐在路旁，遠遠看著可樂和他的同學們爭論接下來的行動。媽媽問我，妳明白嗎？我搖頭。媽媽嘆一口氣，說，但我們總得信任他們，對不對？他們已經做了這麼多。我點頭。忐忑的心終於放下，媽媽是支持我的決定的。日落之後溫度下降，媽媽要我陪她去吃涮羊肉。我很高興她不再擔心可樂。媽媽這一夜喝黃酒，三杯之後已有醉意，她叫我將爸爸的一百五十萬存給可樂。我答應了。

午夜之後傳來可樂受傷的消息。

麥可堅持他先去看情況。我獨自在家，最後將電視和燈都關上，黑暗中和衣躺在床上，睜著眼看天花板上映照窗外馬路上汽車疾駛而過的燈影。我心中沒有驚懼，最壞的情況在這之前我都曾經想像過。

28 我們從此各散西東

1\. 我和衣躺在黑暗中，看著天花板倒照著窗外馬路上的汽車光影，心情平靜。我惦掛可樂，但不再害怕；是可樂的愛令我變得強壯。

某個徹夜無眠的晚上，金鐘，人馬沓雜，喧囂聒噪，周遭無數關於清場的流言與誤傳，我試圖迫可樂離開。他拉我到路邊坐下，問了一個我無法回答的問題——妳有何具體的原因與論據，認為我無理留在此地？還是，妳實際懼怕的，是我將要面臨受到的傷害？

——我心裡明白，我並沒有能讓可樂離開的理由。他要爭取的，絲毫未見，他面對的，全是打壓與蔑視。我試圖說服他的，只有情感的託詞，而非理智的分析。我心底害怕與無法面對的，是想像中可樂將要承受的暴力。

可樂說，那請妳去向加害者施壓，而非拉著我的腿，讓我成為閃躲逃避的人。

有生以來，第一次，我親愛的弟弟，迫我面對了愛的實相——妳愛我，那麼就請妳和我一起，擁抱我的命運。

我想起曾經讀過的，耶穌的門徒約翰說過的話——「愛裡沒有懼怕，愛既完全，恐懼就除去。」

於是，我學習不再逃避面對他的處境；努力澄清一切迷思與語障，正視問題的核心與肆因。要是暴力施於可樂身上，我知道我會難過，難過得猶如被無名之物撕裂吞噬，但我不會因為懼怕而逃避、扭曲現實。只有保存真相，才是保護所愛的人最有效的方法。

只要那是出於可樂的選擇，我能接受發生在他身上的一切事情——但當我瞪著天花板，而可樂下落未明，我仍有度秒如年的感覺。

天微亮，麥可回來，極累，爬上床抱著我小聲在我耳邊說，穿了頭，流了些血，已送去醫院，沒事。我轉過身來，看見麥可已瞌眼睡熟。

2.

第二天早上，鬧鐘沒響我就起床，不想看新聞，煮好咖啡烤了麵包呆等麥可起床。

天氣很壞，又冷又濕。

麥可直睡到正午，邊喝著涼掉的咖啡邊告訴我，來了個女生，第一時間召來同伴將可樂從現場送走，又要了麥可的電話號碼，天亮前傳來訊息，交代可樂敷藥後無大礙已在回家途中。

我直覺那是可樂的新女友。

只是，可樂肯乖乖被送走？麥可補充，頭被打破的一刻，大概暈了一下。麥可堅持不讓我再去煮一壺新鮮的咖啡，彷彿要用涼掉的咖啡來進行一場我不了解的自我懲罰。

麥可喃喃說，現場不少男孩一臉是血，仍往龍和道方向衝……我留意到穿著背心內衣的麥可，手臂和肩膊都有瘀傷。不嚴重，但顯眼。我問麥可是否需要消瘀的藥膏，他說不要，輕輕將我碰觸瘀青的手推開。

這一場社會運動，經過連日的蒸騰與發酵，出現了圖騰，像雨傘與黃色的絲帶，能為大家帶來勇氣與信念，還有共同的願景，那幾乎已經是信仰了。他們經歷了旁人無法想像的暴烈，猶如宗教儀式；洗禮。我默默看著麥可身上的瘀青，那是我無法逾越的距離，是他無法言喻的憤怒與傷痛；是他在這一個晚上受了洗禮的痕跡。無數年青人的身上、心靈上，都烙下了洗禮的痕跡，永難磨滅。

我有些茫然，看了一眼時鐘，一天的節奏彷彿被打亂了，不知道接下來該做些什麼。

麥可穿好衣服，頭也不回。他說，去，上班，工作，要比之前做得更好。

我從沒見過麥可這麼生氣過；如常過活，就是他去證明自己沒被打垮的方法。

3.

可樂在清場時經歷了極大的挫折。

徹夜猶如倒數派對的熱鬧過後，清場以無比莽撞、粗野、緩慢而瑣碎的狀態執行。我讓警員抄下我的身分證號碼後，就停留在警戒線外不遠處的快餐店內，與群眾一起看電視新聞直播。我曾經在電視畫面中看見可樂，不錯他留在場內，但卻在遠遠的一角。

他如今沒伴。

七一的晚上我發燒，攀圍欄的時候他扭傷了足踝，行動升級之時，他才受了一點皮外傷，就被女友第一時間送走……可樂總是在重要的時刻缺席。在同伴眼中，可樂怯懦，或，可樂以為自己在同伴眼中是怯懦的；同樣糟糕。不是很大的分裂，是細微的分歧。然而，當這城市中的當權者，都無法輕易聆聽異見者的聲音，我們如何能要求年少氣盛的學習包容？我能明白可樂何以被孤立，他需要的不是我的憤慨，我只要告訴他我會第一時間去保釋就好。

日落時分，我收到來自陌生電話號碼的訊息，告訴我可樂已被送上警車。我保留了號碼，用的名字是「可樂女友」。我和麥可跑了幾所警署，半夜過後才能帶走疲憊不堪的可樂。

可樂女友在警署門外等著，但他沒理她，向她揮了一下手就隨我和麥可離去。

我發了訊息給「可樂女友」──「他沒想過終點之後是怎樣的景況，有點反高潮，妳讓他休息一下就好。」

「可樂女友」回我四字──「勿忘初衷。」

大除夕之前，我接到「可樂女友」的來電，說想跟我喝杯咖啡。我請她來「麥草可樂」。「可樂女友」叫葉芳，清爽短髮，像剛出道的李心潔。她一直沒落淚，看得出來是堅毅的女孩。她說要來見我一面，是因為之前不止一次跟可樂約定，要在清場之後和我吃飯，只是沒想過警署門外匆匆分手就沒再見過可樂。也不會再見了。就算她提到很不捨得可樂，也沒有讓眼淚掉下來。她說如今經過金鐘，想起可樂與這幾個月經歷的一切，彷彿是一場如霧的夢。

29 再次見面之前請保重

1.

我是喜歡葉芳的，只是也不知道該說些什麼。她匆匆來去，一杯黑咖啡的時光，從此與可樂各散西東。我反覆想著她說的，「彷彿是一場如霧的夢……」，一顆心懸著無法放下。

我最後還是放下手上的工作，跑到街上。街上都是人。我怎麼可能找回葉芳呢？我們常常談論失去，卻總是在失去發生之後才驀然醒悟。在這眾多的失去之中，我們毫不警覺也最無力為力的，是人。如果葉芳不再接我的來電，我就失去她了。

幸好她接了我的來電，也沒走多遠，大概離去時在「麥草可樂」樓下停留良久。可想而知那酸楚的心情。當她再遇見我，就再也無法掩飾自己的眼淚了。只是我並沒有像擁抱可樂那樣去給她安慰，我只能跟她說，那並非一場如霧的夢。

我告訴她，那不是夢；那是無數人與她一起親身經歷的。汗水、淚水和血，都是真實的。疲憊和沮喪絕非那段日子裡僅存之物。那些親密、互相砥礪與依靠，也的而且確曾經發生。爭拗、誤解，甚至最後的傷心難過與彼此敵視，亦無法假裝沒有出現。我說，你可以將這種種忘記，就像那是不存意義的無機體，如妳所說，一場如霧的夢，什麼也沒有。妳今天難過得很，難過得無法承受這一切，只渴望日子快些過去，沒相干，但總有一天，你覺得沒有那麼難受了，可以回過頭來好好看一眼這些究竟是什麼，那麼妳大概可以將經歷的種種，化為能栽種未來的有機體，像水和泥土，讓它蒸發、滋長出一些原本沒有的東西。只要這是出於妳自己的選擇。最重要的是，妳經歷的不是夢。

——妳可以看待這一切如燦爛煙花，一場如霧的夢；然後妳下定決心，將經歷過的貶抑看輕，與過去切斷。或，讓發生的種種，包括失望、挫折與痛，流入生命之中，成為骨與血，在日常生活中如影隨形；妳或許能夠因此沉靜下來，默默持守，深耕細作。這一切的前提在於，妳清楚知道這並非誰加諸妳身上的威迫與意願，那是妳個人的選擇。

我跟葉芳說的，也在告訴自己。

我和葉芳再一次道別，她用手帕擦乾淚水。我喜歡帶手帕的女孩。她跟我說，我們會再見的。我說，妳要保重。

我看著葉芳走遠，無法不聯想起過去經歷的無數道別時刻——什麼是珍重？什麼是珍惜？什麼是祝福？什麼是思念？我真的懂嗎？我做得到嗎？我來得及嗎？一天二十四小時，匆匆過去，消逝總是無色無味無形。我能秤稱日子的重量嗎？我能還原事物真實的力量嗎……？

我在街頭佇立良久，承受著突然來襲的感傷。

麥可不知何時來到我身旁，他在抽煙。他什麼時候開始抽煙的？麥可歪著頭想了一下，答，半年前，在路邊，陌生人遞給我，那時刻裡又真的要來根煙才對調，就抽了。我說，怎麼我都不知道？

麥可橫了我一眼，幽幽說，妳總是不理我。

我給他白眼，說，麥可你少來這一套，我剛想通了，實物原大就好，實物原大，你明白嗎？別把雞毛蒜皮的情緒放大，上樓開工，「麥草可樂」的員工不能拿抽煙當藉口擅離職守。

2.

可樂的第一學期成績發下來，當了兩科，不過可以重修。比我想像中好。清場之後，他沉靜了很多，跟我和麥可都是若即若離。之前他對運動的投入程度，令我擔心他是得了躁動症，如今卻有些擔心他抑鬱。

一個多月後就是農曆新年，一家人還是要團年的，但我就是無法想像可樂和爸爸碰面的狀況。媽媽很樂觀，過年嘛。一派過年了，就人人都一笑泯恩仇的樣子；難道這就是為什麼我們要過節的原因？

——如果真的可以重新開始……

我只可以說，可樂很乖，很懂事。譚家的家教真不是賴的。可樂很有禮貌地向爸爸問好，給他斟茶。很有禮貌。爸爸呢？一整個晚上，他說得最多的一句話就是，「我早說過……」，他早說過什麼？我不知道。要不就是否定一切的「這樣做有用嗎？」。我看著他，心裡回帶，將他的房子賣掉的每個步驟，從下決定到執行。而他至今仍未察覺。我總算能保持著微笑。

我低估了爸爸的話語帶給可樂的傷害與厭惡感。

蒸魚才剛上桌，爸爸仍在譏諷學生的耿直，可樂霍地起身，我和媽媽都嚇一跳，麥可是準備隨時按住可樂的狀態。可樂卻是向夥計要了一副茶杯。他重新斟滿了，就像小時候家裡大年初一所做的，在爸爸跟前跪下奉茶。大家沒能反應過來。可樂若無其事說要趕去搭飛機，早說過要去英國交流，忘了跟我們確定，總之，不在香港過年了。爸爸呆瓜一樣只會掏出紅封包交給可樂。

我追出去，沒看見可樂影踪，路邊水溝上浮著給大力揉成一團的紅封包。

我知道，爸爸終究也是失去了可樂。而爸爸並不知曉。

可樂在新年期間是不是去了英國，其實我也不知道。我漸漸對可樂一無所知。我只能每週兩次約可樂在大學裡的咖啡店見面。可樂已經半年沒修剪過頭髮，看上去猶如一尾被悲哀浸透的魚，散發著憂傷的氣息。麥可打趣說這種形象在校園很吃香，我幽默不起來，只能期待每週固定的會面；眼觀四面，耳聽八方，盡力收集可樂的訊息。

麥可說我就像去探望坐牢的情人。我追打他八條街，我是真的生氣了。有些事情從此以後不能拿來開玩笑，就是這樣。

30 又涼又硬的心

1.

我和可樂每週兩次在大學裡咖啡店的約會，就像一根無形細繩，一端我抓住，另一端纏在可樂腕間；我希冀以這一根細繩，將可樂從迷霧中牽出來。

有一次，我早了到達咖啡店，看見可樂和一個短髮女生一塊走進來。可樂一直都是喜歡短髮利落的女生，但她沒跟我們坐在一塊。她很大方，發現我一直在看她，朝我笑了一下。可樂也發現了，指著我向女生說，介紹妳認識，這是我前度女友……我來不及大笑就瞥見女生的臉色一下子變得很難看，女孩，你也太缺乏幽默感了，如何招架得住可樂？我忽然輕鬆起來，啊，真是無法言喻，久違了，怎麼說呢？譚家獨門惡作劇。這才是我的譚可樂。可樂伸手過來抹去我臉上的淚珠，女生氣得掀翻椅子掉頭就走。我又哭又笑。可樂問，妳怎麼啦？我說我以為要失去你了。他說，妳發神經，我一直都在。我抓住他給我抹眼淚的手指，你明明就是拒人千里。他想了一下，說，是的，不知如何，如今就是不願跟人親近。我聽著，心頭一凜。可樂依然敏感，握著我的手不放，他的神態看上去仍是那麼溫柔，只是那語氣，卻似是漠然轉述著別人的事情。

——你一直都在，親密如故，只是，無聲無息地，已被封存。像一個很使力都打不開的玻璃罐子……

我挽著可樂臂彎問女生的來歷，可樂答，她愛我，我不愛她。嗯，都是這種戲碼。我本來想說可樂你小心將來遇見一個要你神魂顛倒的，他不等我說完「到時人家少理你」就回我說，總有一天會反過來的，我知道，我等著哩。

就是覺得可樂的心變得又涼又硬，像薄薄的不鏽鋼片。

2.

本來以為可樂放暑假會來「麥草可樂」兼職，只是他並沒有出現。

有一天，我和麥可到西環開會，會議比我們預計的早了結束，我叫麥可把車駛去海傍靠近碼頭的地方，就在那裡看日落。我和麥可有一搭沒一搭地在聊天，最後還是談到可樂。我問麥可，漸行漸遠，是怎樣發生的呢？麥可領我離開，把車子停在可樂住的房子樓下，叫我打給可樂，叫他下樓和我們一塊去吃飯。電話打過去，可樂卻跟我說，我早就不在那地方住了。我反應不過來。太陽下山了，我在開了空調的冷氣車廂裡，額角沁出汗珠。可樂若無其事，沒事，房東加租才搬走，下次給妳我的新地址。

可樂說，下次給我新的地址。

麥可說，妳總不能一直陪著他。我無言以對。

3.

九月開課，我跟可樂說，要繼續每週兩次的咖啡約會。可樂在電話那頭沉默著，我沒開視像通話都能見到他寒磣的臉。我堅持。可樂最後只簡單回答了一個字，好。

這「好」字就是讓我聽出了潛台詞——就算我每週跟妳喝兩次咖啡，又能怎樣呢？

什麼也沒有發生，但我就是有一籌莫展的感覺。對，就像這個莫名其妙的城市。兩個月沒見可樂，甫見面我嚇一大跳。可樂去刮了個光頭。我不能說不好看，看著甚至有點像韓國阿兵哥，另一種帥氣。但是，怎麼說呢？我就是知道，他並不是為了好看才去刮出這個光頭。

麥可瞪我，就算他剃頭，又有什麼好大驚小怪？我無語。可樂不錯將新地址給我，也一如既往給我一把後備門匙，只是補了一句，妳別再像從前有事沒事上我家，我現在的室友性情有點孤僻……

——可樂，孤僻的豈止你的室友？

媽媽要到十月中才跟可樂見面，可樂仍是光頭，可見這造型他是堅持下去的了。媽媽沒一眼把他認出來，大吃一驚之後，嘀咕了一句，好看嗎？可樂沒反應。媽媽又問，農曆新年前頭髮應該可以長回來了吧？可樂反問，為什麼？媽媽說，新年讓親戚朋友看見這樣子，怪怪的。沒想到可樂冷冷回了一句，妳還想我跟妳去拜年？我怕我會得罪所有親戚哩，妳知他們多恨我們這些曾經睡在街上的人。

我和媽媽對視一眼，我知道她是有話要說，都已經張口了，最後只說「沒事」，就再也沒說什麼。

後來媽媽問我，妳看怎麼辦好？今年還要叫爸爸一塊團年嗎？我沉吟半晌，實話實說，我就是覺得可樂不會像去年般在爸爸跟前一聲不響……。

後來媽媽就決定農曆新年離港。她從來不作興避年。她約定我和可樂在年廿八在中環吃團年飯，吃完飯就直接搭機鐵到機場，深夜的班機直飛三藩市，說要去探舊同學。我和麥可本來提議駕車送她去機場，媽媽卻拒絕了，說累，嫌我們煩的意思。

我和麥可都有點面面相覷。

我叫可樂新年假期來我家住，他卻嫌我現在住的地方太小。說，我不睡沙發，我跟朋友去露營。

他說「朋友」，沒說出名字。從前可樂的朋友我都知道——不一定都認識，但都知道是誰跟誰，如今提都不提名字——是從什麼時候開始的呢？看來就是跟新認識的朋友去露營，而且也不打算讓我知道是誰跟誰。好吧，你好好享受露營時光，不過請記住大年初一跟爸爸拜年，不想通話也得發個訊息。可樂只「嗯」了一下。我從年三十晚開始發燒。後來麥可就說，妳這發燒就出大事的徵狀，比占卜預示吉凶還要靈驗。

31 你我漸行漸遠

1.
年三十，吃過午飯，眾人四散，我心血來潮想要買株桃花放在「麥草可樂」，獨自去了觀塘區的小花市。

人一樣的擠，覺得跟維園沒差。

一走進花市，記憶就像收到很久但從未拆封過的信，如今不知被誰翻出偷偷打開……

爸爸從前也是帶著我和媽媽逛這花市，那時候可樂仍未出世。媽媽愛牡丹，爸爸愛銀柳，桃花和盤桔一定要買，放在工場。爸爸循例殺價，總不成功。我愛小吃。平日媽媽不許我碰街邊小吃，行花市就有點特許的意思，我可以吃魚蛋和燒賣，雞蛋仔也可以，煎釀三寶、碗仔翅卻是不准許的。還有很多過了正月就覺得礙眼的小玩意與小擺設，我總要爸爸給我買一、兩件，像吹氣的大膠鎚和生肖毛公仔，招媽媽日後的痛罵。當天卻是鬧烘烘而喜氣洋洋的。

我站在人比較少的角落，吃了一碗碗仔翅，邊看著人來人往，只覺落寞。

最後我並沒有挑中心水的桃花。我發現不知道從什麼時候開始，如果阿草和麥可不在身邊，我就好像無法作出正確的決定。從前我帶著可樂，倒是很容易就能拿定主意。離開花市人潮，冷風一吹，我就覺得肚子涼涼的，都怪那碗仔翅，媽媽確然有她的道理。回到家裡，只覺全身骨頭疼，倒在床上就昏睡過去，隱約知道自己在發燒。

隱約知道麥可來了，給我熬白粥。隱約知道新聞報導鬧烘烘，出了狀況的樣子，但都沒氣力去探究。

只聽見麥可說，拜託妳保重身體，妳發燒，準會出事。

我一直臥床直至媽媽從三藩市回來，已經是正月初八。期間不停接到一些陌生號碼的來電，我都拒接。媽媽帶手信上我家來，隨手取起我的電話接聽了，遞給我，說，找妳的。

誰？電話那頭說，我是阿達。誰？阿達？那位阿達？自稱阿達的人說了一大堆十多年前的事情。我終於記起來，阿達，就是很愛電影、教會我看電影、騙我是電影學院學生的阿達。

阿達說他現在當記者，年初二凌晨在旺角出勤。他說，我看見可樂。

我立馬清醒。

阿達說他早在年半前就在金鐘認出我和可樂，他沒跟我招呼，卻與可樂相認了。二人在清場之後也有聯絡，算是投契，阿達甚至讓可樂在他任職的媒體網上版供稿。阿達告訴我可樂的筆名，我有點意外，我有看過，只是怎麼也想不到那是可樂寫的。更想不通的是，為什麼可樂不讓我知道？初二凌晨，情勢有點危急，鳴槍之後，阿達自己帶著攝影機跟著人群跑，跟可樂打了個照面。阿達說，可樂是幪著臉的，但我看他的眼就認出來，他還跟我對視了好一會。我有點心煩意亂，他在現場又怎樣？阿達壓低了聲線，他當時手上持著磚塊。我呆了。阿達補充，我想他是一時之氣，覺得還是要讓你知道。

我知道了。只是我已經追不上去了。

當天夜裡有六十多人被捕，年紀最小的十四歲，最老的七十歲。

我只能自私的慶幸可樂沒有被捕。我承認我對整件事情只有情緒的回應，心焦與憤怒，不理解亦不懂處理。

2.

可樂每逢提起初二凌晨在旺角街頭的事情就咬牙切齒，他說他無法接受警員擎槍指向示威者。可樂，你以為誰可以？只是他都是用一種第三者旁觀的語調，我也絕口不提知道他其實在現場。

麥可問我，妳為什麼不跟他談一下？我的怒氣倏地上颷。談什麼？談他的未來跟香港的未來？談一國兩制還是法治精神？要不我們來談談高牆與雞蛋好不好？村上春樹那篇高牆雞蛋的得獎演辭還是你傳給他看的你記得嗎？「在高大堅硬的牆和雞蛋之間，無論高牆是多麼正確，雞蛋是多麼錯誤，我永遠站在雞蛋那邊。」是你告訴可樂，村上先生接過以色列頒給他的文學獎，仍堅持說出支持巴勒斯坦平民的話。可樂從此成為村上書迷，你知道他對你多敬重嗎？你今天卻要我去跟他談？為什麼？難道我要問他積累多少怒氣才能將磚頭抓在手上嗎……？

從此我與麥可亦不再談論時事。

暑假來臨，可樂回復一些生氣，光頭長成小平頭，他讓我知道他投入立法會選舉的助選工作。

他說，姊，妳的心意我是明白的，妳希望我能用一些較平和的方式去應對、改變現況，如今我找到了。

光明開朗的日子只維持了兩個月不到。

八月初，在太陽異常毒熱的日子，收到了可樂支持的候選人被取消資格的消息。

——可樂你受得了嗎？

可樂來辦公室找我，獨自坐在一角看書。他什麼也沒說，專注看書的臉容平靜。我經過他身邊，忍不住伸手摸了一下他的頭，阿草在我身後，也有樣學樣。他微笑，說，我沒事。他把書放下，伸了一個懶腰，又補了一句，只是身邊朋友的反應讓我有點受不了，逃到這裡來透透氣。

可樂，在青春當旺的年紀，只要別人的語氣腔調跟你有一點點的不一樣，你都會看不過眼受不了。其實那跟內容題目無關，你青春，就是所向無敵，你的任務就是要傾盡全力去證明別人是錯的。有時候，只是周星馳在某部電影裡是否說過某句對白，你都覺得非要用上整個生命去證明對方是錯的不可。直至多年之後，你才會明白，原來只要繼續去做對的事情就可以了，你不需要為別人的謬誤負責任；更不需要浪費你的生命去證明。是的，那要在多年之後，在你的青春消逝之時。這是生命歷程，這是常識，只是不知道為什麼大家都忘了；青春就是傾盡全力去證明自己的對。

32 一闋情歌

1.

麥可在茶水間遠遠睨著在沉靜看書的可樂，喝著我做的手沖咖啡，邊跟我耳語，當時妳說要佔住微小的位置與空間，說真的，我只覺得是一堆廢話，我支持你無非只是出於對妳的溺愛，如今我看著可樂，我想我終於明白。

麥可為人並不浪漫，雖然是當設計的，卻莫名其妙長期閒置右腦，日常工作純以技術數據取勝；如今他竟承認原先的不明白，而願意將現在終於理解的事情說出口，於我來說，是一種溫暖和甜蜜。

麥可說，但願其他孩子也找到歇息思考的地方。是的。

我向可樂建議，如果跟同伴在外邊找不到切磋討論的地方，可以來「麥草可樂」。可樂搖頭。現在的可樂委實有些孤僻。孤僻也無非是一種性情，各人有各人的性情，只是，孤僻，會將一些可能性摒諸門外。

可樂在「麥草可樂」看書看了快一個暑假，有一天晚上，辦公室裡只剩下我和可樂，我囑吩了可樂要關好門窗就離去。電梯門打開，就看見帶著飯盒上樓的葉芳。葉芳跟我打了招呼，尋常得就像她一直都在，絲毫沒有久別重逢的激動，彷彿彼此從未經歷過傷心的離別。

我明白可樂的心意；如果他不願意，我是決不會跟葉芳遇上的。有伴就好。往往如此，回過頭去，最好的，就是最初的。初衷。

我將可樂跟葉芳又在一起的事情告訴麥可，麥可忽然哼了一句歌——他出發找最愛今天也未回來……

我聽著，莫名只覺心酸，這首歌耳熟，就是說不出是在那裡聽過。為什麼麥可無端端哼這一句？麥可瞪我一眼就走開，我在他身後嚷，喂，我不懂的你不是要告訴我嗎？他不理我。

後來我終於記住了這首歌，而且，每次聽到，都禁不住泫然。

2.

如今尋常的日子都有種莫名的消沉，像被無形的外星人侵襲，沒有硝煙，只是無論做什麼說什麼，能量都被徹底吸掉；徒勞的狀態。阿草說，我要去德國。我說，反正下半年生意清淡，妳就放假嘛。

阿草很認真，不，我不是要悠長假期，我要搬家，我要從皇后大道東搬去國王廣場，我要在我這個人變得更壞之前離開香港。

我傻眼。

阿草說，她變得失去耐性，無論是朋友還是陌生人，誰都可以在頃刻間讓她生氣動怒，看事情的態度比過去刻薄，對一切漠然，甚至是麻木，就算是原本喜愛的事物，也失去興趣，認定所有人與事物皆是朝著壞的方向發展和生長，憎厭著這小城，只想逃離這一切……

阿草，妳不是厭棄這小城，妳是厭世呀。

我和麥可挾阿草去見諮商師。這臨床心理學家是可樂介紹的，可樂曾上他的課，也為他的研究當資料搜集和問卷調查員。諮商師說，阿草極有可能是罹患了「創傷後壓力症候群」。諮商師說，其實這兩年間，出現了很多創傷後壓力症候群的患者，也就是二〇一四年冬天之後，只是大家都拒絕承認……

我和麥可怔住，說不出一句話，你眼望我眼；阿草當天並不見得很投入啊。

諮商師說，你永遠無法從外在行為去評估當事人心靈遭遇切割的深與痛。心靈遭遇切割……聽著也覺得痛。

——如果連阿草都罹患了創傷後壓力症候群，那麼我們……？還是我們根本就已經是患者只是我們拒絕承認？

可樂聳聳肩，妳以為我那時候為什麼都不剪頭髮，然後又忽然刮光頭？妳以為我天生離群？你以為只是我在看大家不順眼？

我問可樂，你是如何熬過來的？可樂反問我，妳以為我熬過來了？我無言。

阿草要怎麼辦？

可樂說，她要離去你就讓她走呀。我說我不捨得。可樂瞪我，所以不是她要走有問題呀，是妳不想她離開，妳的不捨才令她的離去成為問題妳懂不懂？

為什麼好像每一個人都對別人提出的問題失去了耐性？

3.

三個星期後，麥可將嵌在牆上的木刻招牌那「草」字撬下來，交給阿草。阿草將「草」字塞進大背囊，拖著兩個行李箱，就這樣出發到機場起程往慕尼黑。看上去就像要出國念書的大學生。

我抱緊阿草，說，畢業就要回來，等妳將「草」字嵌回牆上去。阿草拚命掙脫我，咬牙切齒說，我永遠不要再回來。然後她就哭了。

我和麥可一直沒有修正填滿招牌上因為少了「草」字而做成的空隙，從此我們成為「麥——可樂」。

麥可問我，我們要不要也想一下到別的地方去……？

八月底，選舉白熱。有一天晚上，空氣裡居然有淡淡秋意，我先到家，還沒換衣服，麥可匆匆回來，拉著我出門。他什麼都沒說，驅車直往銅鑼灣，停在最熱鬧的店前。前後都是出租車，停在那裡專等接載購物的內地客人。我只覺莫名其妙，不明白麥可為什麼要把車停在這裡。麥可示意我看向不遠處。前面是馬路，就在馬路中間，人可以稍停的位置，放了一把鋁梯，年紀看上去就跟可樂差不多的候選人，正坐在梯頂，向過路的人作出投票的呼籲。人群來來往往，無動於衷。有人在扶住那把鋁梯，看背影我認出那是可樂。然後我也看見了葉芳，拿著一大疊單張，派給來往的路人。天開始下雨，雨勢不大，毛毛雨，但露天站久了，還是會一身濕透。碧藍色的單張丟落在地上，遠遠看去，就像某高級珠寶店包裝紙的顏色，只是雨打風吹無人理會……

我和麥可就這樣遠遠看著，看得發怔，看得入神。這幾個停在路中心的年輕人，將我們徹底打動。又過了好一會，我才想到要去給他們買些吃和喝的，只是他們已經起拔，要趕去下一個街站。

我跟麥可說，我們什麼地方都不去，要留在這裡做好自己分內的事情。

33 時代遍地磚瓦

1.

九月上旬，和煦的風傳來好消息；這個城市迎來年紀最輕的立法會議員。

一切彷彿有了新的秩序，帶來值得期待的局面與美好未來，我們重新有了對陌生人展露笑容的理由。可樂和葉芳手拉著手去上學，我終於可以看見久違的笑臉。可樂曾經對我說過，不知道從什麼時候起，偶然玩得忘形投入，放肆地笑，都會覺得好像虧負了誰……

點票的晚上，阿草一直在看臉書直播。她說，要是他就差那麼幾票輸掉，我會恨死沒回來投票的自己。我和麥可看著「麥─可樂」，覺得阿草很快就會將那個「草」

字帶回來。

等待金秋。日子重新有了光澤。會好起來的。漆黑中，就算最微小的光，都能被看見。

重陽節剛過去，世界忽然又上下顛倒。

明明是高票數當選的議員，竟然全都被否決資格。世情乖舛至此，抓狂之餘，卻是誰也束手無策。難道真的要登高避災嗎？我再也找不到理由裝作什麼也沒有發生，若無其事埋首工作。我叫大家放半天假，打發工讀生離去，鄰戶要來喝咖啡也被我趕走。我將大門關起，切斷電話的電源，把自己鎖上。我沮喪至極，找不到如常過活的理由，只想終結與這荒謬世界的一切聯繫。

黑夜來了，我沒亮燈，躺在冰涼的地板上發呆，軟弱無力得就連恨意也浮不起來。

差不多半夜的時候，麥可找到我，他有些焦急，說，是不是應該去看一下可樂？

我驀地驚覺。

我找不到可樂，葉芳也找不到可樂。

忽然腦海就迴蕩起歌曲的開首，麥可哼過的，「他出發找最愛　今天也未回來……」。我終於記起，謝安琪〈家明〉，無非是一闋通俗情歌吧？只是，為什麼如今聽來，卻是切進心坎裡的痛？

「他不過想要愛　卻差點上斷頭台　人家跌倒兩次吧　就再不相信愛……」——是說你嗎？可樂？是的，是你，所以我才這麼難過，你還願意相信能騎上那匹白馬嗎？時代曲而已，靡靡之音，可是當中所被寄託的，卻比新聞報導記錄的還要真實淋漓——

「……誰願意　為美麗信念　坦克也震開

誰若碰到這個他　還望可將那美意帶回家

流落野外恐怕　太快叫他睇化

愛情　電影　小說　也太虛假
誰若碰到這個他　能為他了了這小心願嗎
無力協助他嗎　也願你任由他
騎著世上最終一隻白馬
找太耐　就算找得太耐
他拒絕　未上訴便下台
大地上　問有哪位敢這樣愛
無論你是愛他不愛他　還是可將那勇氣帶回家
時代遍地磚瓦　卻欠這種優雅
教人夢想　不要去談代價

最後即使走進浮砂　沉沒中　也會發出光亮嗎
臨近破滅一下　要是信任童話
還是有望看到天際白馬
他出發找最愛　今天也未回來
留低那種意義　就看世間怎記載」

如此悲傷如此凜烈，那份心意，是可以迴照明月的，彷彿要攜著血衣上天堂，才能平伏下來。

——本來都是無比平凡的人，開始的時候，可能他們自己也不察覺，所抱持的，無非只是對周遭、對自己的生活，最尋常的信任、守護與希冀；沒有名堂，沒有藉口，只是最根本的、貼著初心的、單純、真誠、無私，卻在最絕望的時刻，讓人堅持往前多走一步再多走一小步的愛……

可樂，我當如何讓你繼續抱持這樣的愛？

2.

可樂就像躲進洞穴裡舐著自己傷口結痂的獸，無人能打擾。葉芳說，他叫我去死。

我連跟葉芳說「妳知道這不是他心裡真正的想法……」都不敢，只覺空洞無力，而且偽善。

我們就這樣默默坐著，喝光一壺又一壺的黑咖啡。深夜時分，就對好心叫我們早些去睡的人說，你去死吧。

忽然好像每個人心裡都有張「你最好去死」名單，如果憤怒和恨意能發電，香港會成為全世界最節能減廢的城市。

電話響起，來電顯示出「舅父」，我嘀咕一句，你去死，沒接聽。三分鐘之後，電話再響起，這次來電的是可樂。可樂說，爸爸死了。

寥寥四字，猶如氫彈，我的世界裡某些部分徹底轟然坍陷塌落。

我當機了。

麥可抱住我，良久，直至可樂來到，讓可樂與我緊緊相擁。

我沒有流淚，只是非常非常的難過，心臟的位置真的有痛的感覺，原來痛徹心扉就是這樣，痛得我以為自己會暈倒。

原來我是愛他的。我沒能力讓他回到我最初愛他的模樣。

我打給加拿大的姑媽，她沉吟了一下就說，你們看著辦吧，我是不會回來的了，妳姑丈半年前才過身……我「哦」了一下。還可以說什麼呢？之前姑媽並沒有通知我們，是怕給我們添麻煩嗎？要是她告訴我，我應該會叫爸爸去看她，那麼她和爸爸就能見上一面……是的，長大之後，覺得世界比我們想像的小很多，但距離卻可以拉得很長很長，比我們知道的，要遙遠很多。

最後還是媽媽飛去上海處理爸爸的後事。我們送她到機場，可樂一直很安靜，忽然就說要回家取回鄉證，也沒跟我們商量，訂了晚上的班機出發，堅持要陪著媽媽。

我和麥可都嚇一跳，沒想過他願意北上。

媽媽在上海來電跟我說，爸爸的女友要為爸爸進行火化，骨灰要留在上海。佔住骨灰就同時佔住爸爸財產的意思。媽媽說，我累了，不想跟她糾纏，你們有沒有異議？我只是不想媽媽生氣，就說，由得她吧。我想像爸爸的骨灰，給遺留在那個於我全然陌生的城市，只覺得死在上海的，並不是我的爸爸。

媽媽後來跟我說，可樂見到爸爸的遺體，就一直哭。我說他之前都沒哭啊。但可樂回到香港仍在哭，斷斷續續地，停一下，然而想起了什麼，又嗚嗚地哭，哭得像路上被大人丟失的孩子。

34 譚可樂的退場機制

1.

爸爸在香港還是有不少朋友，於是也擇日辦了告別式。

來了很多似曾相識的臉孔。他們打量我和可樂，唏噓說，都這麼大了……我不認得他們，他們也沒打算重新認識我和可樂。在他們眼中，我和可樂依然是小孩；不懂事的孩子。所有比他們年輕，會做出讓他們不明白的事情的，就是孩子。我在很早之前就聽說過，時代有著一道縫，肉眼看不見，人一不小心，就會掉進裡面去……

今天我終於見識到。

告別式上，可樂仍是一直在哭。在陌生人跟前哭得我心煩意亂。可樂用小得不能再小的聲音嗚嗚地跟我說，我什麼都沒跟爸爸說……

我費了好長時間，才攪清楚可樂「我什麼都沒跟爸爸說」是什麼意思。原來，今年的年初一，可樂並沒有按我之前囑咐的，致電給爸爸拜年。然後，當天晚上，他到了旺角街頭，最後，手上抓了塊磚頭。不錯之後他平安歸家，只是更不願意致電給爸爸，無論是拜年還是說些什麼別的。八個月後的今天，我們在爸爸的告別式上，淚流不止。誰能告訴我這些事情的關連？誰能告訴我，「因為」和「所以」究竟如何運作？誰能說什麼是應該什麼是不應該？別人無法跟我說清楚的，可樂用眼淚連綴出心碎的軌跡。

我從來沒想過缺席的爸爸對可樂的影響，如今，卻不能無視爸爸的退場對可樂的傷害。那理應扮演「生活指導」、「迷思導航」角色的爸爸，可樂一早就已經失去了，恐怕日後也難以找到堪當代父、可供他追隨的楷模——可樂，這才是你止不住痛哭的原因吧？

失去的爸爸，永遠尋找不上的代父……

我的思考無法只停留在可樂個人身上，我想到可樂的友儕們；他們的指導者、導航員與人生楷模呢？這一代年輕人的爸爸，能否陪著他們的兒子，在凶險迷惘的世道中摸索出口？

我只能對可樂說，我不能替你找到代父，但我知道你的失去。我是你的姊姊，我答應你我一直都在，就是這樣。

可樂說，有用嗎……？要不是可樂的臉容慘澹，我怕我會動手打他。是的，人人都在說「有用嗎？」，偏偏可樂說我就是會超反感。可樂，我當然知道我付出的，對事情一點幫助都沒有，但付出就是付出呀，就算微不足道，也是能量呀，細細的一股，總歸是動力。難道你已經忘了物質守衡定律嗎？誰知道這些你看不上眼的微小行動，有一天就會匯成洪洪湍流……

可樂秒殺我的怒氣，他說，譚可意，妳天真，我愛妳。

只是，守在可樂身邊，卻是遠比我想像的沉重艱難。

2.

又一年。時間破碎，度年如日。

每一天，這個城市就會失去一點點無可取代的事物，只是一點點，就算我們心裡慌張，都會裝作無所謂。因為真的無計可施。漸漸就連自身特色亦慢慢減退消融。所發生的事情，會令人禁不住咆哮，還有更差勁的嗎？結果就是，還有，還有很多。

他們甚至將一些年輕人送進監牢裡去。

我已經無法問可樂，你是不是很難過？你還好嗎？因為，我覺得一點也不好，我也很難過。公義傾斜，誰會覺得好？道理站不穩，心靈失衡，槓杆的點在那裡？用什麼方法才能再扳回來……？

媽媽問我，可樂明年畢業了吧？我不耐煩，是又如何？妳等著他賺錢供養妳嗎？媽媽吐了一下舌頭，說，沒事，看他在此不快樂，在想要不要送他去別的地方念研究所罷了。

別的地方就能讓人快樂起來？妳在外國的旅遊景點沒遇見過一臉惱怒的香港人嗎？

我們到什麼地方去都快樂不起來好不好？

麥可嘀咕我，譚可意，妳的脾氣真的差了很多。我無限上綱，轟他，大嚷，這個地方如今差成這個樣子，我能不陪著一塊差下去嗎？

麥可每天上網看旅遊資訊，要我跟他去度假。我說你別理我，我錢賺夠了就會快樂。麥可皺眉，妳要這麼多錢幹什麼？我繼續大嚷，把整個香港買下來呀，到時我就可以把這裡還原成他最好的樣子。麥可拿我沒折，一逕搖頭。最後麥可訂了機票，迫我去德國探阿草。

出發前可樂來找我，開口就說，姊，妳答應過我的……我頭也沒抬，說，你就不能等我從慕尼黑回來才差遣我？可樂央我給他做一杯手沖咖啡。我沖咖啡的時候不說話，可樂把握這六分鐘，把他要我幫忙的事情說得很清楚。

手沖咖啡格外的香。咖啡比人忠誠。我真的很生氣，想將杯子朝牆壁摔去，朝可樂額角敲下去。可樂，為什麼是你？你為什麼要跟其他人不一樣？每天有這麼多爛事情，大家已經無動於衷，你學其他人那樣子無聲無息爛下去就好，你為什麼要這麼認真？

可樂很認真，他答我，我是譚可樂呀。

我知道，你成為今天的你，要是有什麼要究責，我難辭其咎。是的，我要對你負責。雖然「負責任」這種態度現在已顯得過時。

我的手抖得厲害，最後雙手捧住杯子才能將咖啡喝完。可樂離開「麥｜可樂」之後，我第一時間將去慕尼黑的機票退掉，打電話給阿草，要她火速回來。

我對阿草說，我剛接下人生最大的案子，妳一定要回來幫我的忙。

我不懂跟麥可解釋，為什麼我會找阿草幫忙，卻不跟他商量。我不知道。我什麼都沒跟麥可說，於是，麥可登機往慕尼黑的同時，阿草回到香港。

阿草握住我從兩天前的下午就一直在抖的手，終於可以說出來了，這兩天我幾乎沒說出過完整的句子。我告訴阿草，可樂要啟動他的退場機制。

阿草瞪著我，你什麼意思？

我說，可樂要尋死。

35 你的難過，我都知

1\. 當阿草聽我說完「可樂的退場機制」是什麼意思，我看一眼她的表情，即時反應讓開，她幾乎是跳起來撲向洗手間。我就是知道她要吐。跟我當天聽可樂說完他要我幫忙的事情一樣。

我讓阿草喝涼掉的黑咖啡。這也是兩天前的下午學會的，原來黑咖啡能清除嘔吐後口腔不好的味道。

阿草問，他是不是有病？

阿草人在我跟前，我就篤定很多，也可以表現得比較平靜。我說，對啊，他就是有病，但你要攪清楚，有病並不是他要這樣做的原因哦。我知道阿草不容易消化這事情，我讓她坐一邊，讓她一直發表她對情緒病、抑鬱症的看法。我什麼都沒說，在地上鋪了墊子，等她累了躺下。

麥可電話從慕尼黑打來，劈頭問我，妳是不是有病？

我說，是的。他沒回話就把電話掛掉。

阿草半睡半醒，我開始把那個下午可樂跟我說的話向她複述。

可樂說，我累了。我當時抬頭瞪他一眼，這裡誰不累？我還是繼續忙我手上的建議書。然後他要我給他做一杯手沖咖啡。哦，我懂了，他這是要跟我討拍拍的意思，我想大概是在外面受了委屈或是又惹了一些麻煩……。好吧，於是我靜靜沖咖啡，聽他一個人說。

我提著水斗一直朝濾紙上的咖啡粉末澆水，一直澆一直澆，那幾乎就像是機械的動作，我叫自己專注在水斗別把水潑瀉。可樂的話讓我整個人發抖。他從媽媽的產後抑鬱說起，他提到爸爸的失意與爸媽的不和，還有我整個青春期的不安與恐懼……寥寥數語，可他全都知道。然後他說到這幾年的失望，他怎樣一次兩次三次將葉芳趕走，但當葉芳真的有了新對象，他卻去揍了那個男的。他終於也成為保釋候審的人。這城市有太多保釋候審的年輕人，他們見證了這個城市的荒謬，但可樂的保釋候審卻源自他自己的荒謬。可樂沒像其他人，搬出一大堆理由，他就這樣直接說出自已的糟糕。未完。然後他去貨款公司借了十萬，理由是室友要結婚，室友已經借過，不能再借，於是可樂為他出頭。然後他知道自己是躁鬱症患者。對，他有選讀心理學的科目，他還是情緒病研究計劃的調查員呢。然後他吃藥，承受藥物的諸多副作用，日夜顛倒。然後他退學。然後他疲於偽裝成正常的人。然後他決定退場。

他說，就好像你們將一些還沒有破爛、只是看不順眼的東西丟掉，我就是想用這樣的方法將我的生命處理掉。

短短六分鐘，可樂語調輕鬆，言簡意賅，將要做的事情的前因後果闡釋清楚。

可樂說，我要妳幫忙，別說「為什麼我一定要幫你」這種廢話，妳是我姊，完。妳很清楚我非得找妳不可。我要我的死亡看上去就像一場突如其來的意外。我要大家只是覺得無可奈何，傷心一下子就好，我不要有誰自覺需要為我的死亡負上情緒的責任。所以一定不可以是自殺，也不可以讓人知道我患上躁鬱症的事情。如今很多人覺得我這個人頂麻煩很討厭，可是我一旦死了，偏偏就會有人後悔和不捨。我不是用我的生命來嘲弄他們，我們就是缺乏透析未來的能力。我的離開不是為了證明他們的無知與無情，我真的只是想離開而已。就像玩手遊，這一局爛透，我再提不起勁打下去，就是這樣，所以我要把我的離開對他們的影響降到最低。你是我姊，我想，無論我以何種方式離開，妳都會難過，好吧，就讓妳一個難過好了。妳知道，就算妳拒絕幫忙，我還是會離開的。

阿草問我，妳有沒有打他？我說當妳看見他說出這一切的樣子，然後妳會明白，他長久以來在大家面前偽裝正常，有多累多疲憊多空虛徒勞。

我不能拒絕可樂；因為，這些年來，他一直是聽話的孩子，就如他所說，他努力當一個看上去沒問題的人。然而一身的傷痂從未癒合。我一直在他身邊，我讓他成為今天的可樂。我不知道這是不是就叫責任，總之——你的難過，我都知。

2.

我一直無法跟麥可說清楚，為何沒將可樂的決定跟他說，反而要阿草回來幫忙。我毫不懷疑麥可對可樂的愛惜，但是，我知道，可樂的想法會把他嚇壞。然後麥可就只會跟可樂講道理，會告訴可樂有這樣的想法是多大的錯誤。他必定會竭力阻止可樂的企圖，這是他的本能，他就是無法正視可樂的需要。

——而阿草是那個教會可樂「日落天天有，可是每一天都不同」的人。

阿草問我，可樂自己有什麼具體想法？可樂其實已在腦海排演多次，摒除了很多會給旁人帶來麻煩的方法，最後選了大海。不過我說那結果太慘烈，知道的人都不會好過。最後他決定了在山上，就讓別人以為是失蹤好了，並且決定了要在海外……

阿草無語。

麥可三天之後回來，從此跟我有了時差。我快了一點，他慢了一點，我們之間有幾天沒對上，就是這樣。我以為早晚會同步。我以為。

麥可沒找我，直至週末過去，上班的時候，我們終於在「麥草可樂」碰面。麥可瞪著重新釘上去的「草」字，只「哼」了一下。但當他看見阿草從茶水間伸頭出來跟他打招呼，那臉色還是緩和了不少，並且給阿草大大的擁抱。

一整個早上，麥可都沒理我。阿草把話說明白了，指著我跟麥可說，你生她的氣對不對？但你要知道，她有小飛俠症候群，面對人生大事，就總想著將一切搞砸……

麥可果然生出了好奇，什麼人生大事？

阿草臉不紅心不跳，說，她要嫁給你呀。說的時候還撞了我一下，好像在掩護我的樣子。

36 婚期與死期

1. 阿草那樣子，就像是幫忙我去說出我自己不好意思說出來的話，但她在說什麼鬼話？為什麼她說我要嫁給麥可？

可是，我回過頭來看麥可，他的臉色居然緩和了。

阿草小聲跟我說，妳會感激我的。

阿草在做獨腳戲。她說，你知道她，從來都不懂怎樣將事情的緣由說清楚……我無從抵賴，這是事實，而麥可竟在點頭。我想走開，阿草強搭著我肩將我按坐在她身旁，繼續吹我要嫁給麥可的事情，說，她的執拗你明白的對不對？她就是知道時候到了，要結婚，要嫁給你呀，然後，你，你知道你，你一定會問為什麼的對不對？麥可使勁點頭，阿草越說越興奮，她就是沒辦法向你解說清楚呀，於是，她抓狂了，才會把你甩在慕尼黑，但她知道這事情真的很嚴重，她一個人處理不來，所以就把我召回來了……

沒有什麼比這說法更讓麥可入信，阿草最拿手就是籌劃婚禮。阿草從前曾經說過，但凡人不能得到的，就能把它想像到最極致最美好，有一天要是同志婚姻法通過了，我籌劃的婚禮大概就會變得很平凡了……

總之，阿草說到最後，根本就是受委屈的是我，而錯的是麥可。

麥可甚至緊緊將我擁在懷裡。

我不動聲色，是麥可將可樂找來的，他一臉興奮，向可樂宣布，我要跟譚可意結婚，我要娶你的恐怖大姊，我是不是很勇敢？你是第一個知道的，你姊堅持要讓你第一個知道。

可樂歪著頭打量我，我裝害羞，不接他的目光。

可樂問，什麼時候？阿草插嘴，起碼也要一年半載吧。他們兩個互瞪了好一會，以眼神格鬥，無聲對話；我知道，我知道你知道，我知道你知道我知道。然後可樂別過臉去，沒人知道他是生氣還是失望。

可樂離去時我在電梯口把他截住，我向他擔保，麥可不知情。可樂靜默良久，說，妳都已經走到這一步，我還可以怎樣？我從沒聽過人的聲音裡能承載這麼複雜的情緒。他續說，妳放心，我是一定會出席妳的婚禮的，妳要我做什麼我都答應妳。妳是我的姊。妳也要答應我，妳的婚期不能晚過半年後。我點頭。他小聲在我耳邊說，妳知道我真的待不下去了。我點頭，淚如泉湧，看著電梯上的數字逐個亮著，倒數著，最後是G。

G for Goodbye。

阿草自覺立了大功，她說，起碼為可樂掙來了半年的時間，對不對？我問，然後呢？我真的要嫁給麥可嗎？她理直氣壯，當然，把可樂叫來幫忙籌辦婚事，過一天是一天，或許真的能遇上某些時刻讓他改變主意，最怕是一切靜止，只要有事情發生，就有轉機。

阿草的樂觀跟我的天真不一樣，她是有溫度和亮光的，會留在記憶裡。

我有些感慨，在我還是小女孩的時候，我確曾想像過自己的婚禮；那比較接近電影場面，其實那些欲望和渴求都是二手的。當我有了為陌生人籌劃婚禮的經驗，我對自己婚禮的想像就愈發簡單。爸爸離家之後，我連爸爸帶我踏上紅地氈朝另一端走去的畫面也失去。人們為了相愛以外的不同的理由，走上紅氈，走進婚姻裡去。我想我決不是第一個為救人而跟人結婚的。好吧，就這樣吧。反正我都已經無計可施了，為了可樂，結婚，也只不過是小菜一碟。

2.

我不懂招架的是麥可。他嫌可樂的反應冷淡，他覺得可樂應該一直盼著我們結婚，麥可當他的姊夫，真正的家人。我無言以對，輕輕嘆息。

可樂來找我，說不上是投訴還是厭煩，沒有表情沒有語氣，死魚回魂似說，麥可要我穿上中學校服當他的伴郎……

我看著可樂，走神了——可樂從什麼時候開始，以這種沒表情、語氣的方式跟大家說話？有沒有兩年？為什麼我都沒察覺？我有無限的懊惱和悔疚，如果，時光可以倒流……

阿草嗔麥可，你別這麼多怪癖好不好？中學校服？你煩不煩？麥可的樣子一臉無辜，說，當天我在電梯裡，看見可意跟穿著校服的可樂走進來，才明白他不是她男友，莫名一股放心下來的感覺，一切就是打從那時候開始的。

我深深對麥可感到抱歉，他比我想像中認真。

可樂就是很沒所謂的樣子，他的中學校服仍在，只是不合身。沒想過四年之後，他長高了，胸膛也寬了，然而，他的靈魂呢？我如何能讓他的靈魂壯大，足以抵擋亂世罡風、不致消沉？

媽媽對我和麥可籌辦婚事的反應，就是兩個字，終於。然後就是哭。喜極而泣的那種。我變得很乖，麥可和媽媽要怎樣我都順著他們，我連向親戚叩頭斟茶都答應了；我終於明白騙子的感受。

媽媽不是沒提過可樂快要畢業的事情，電光火石，可樂在我耳邊小聲說，掩護我。我面不改容搬出一堆場地資料要媽媽給意見，於是，我和麥可的婚事，成功將可樂不想面對的事情自媽媽視線前挪開。

其實我們一直都是這樣，我和可樂，我掩護你，你掩護我……為什麼不可以繼續這樣呢？為什麼非要用如此凜烈的方法撤退不可？是我將你遺落了沒有察覺嗎……？

可樂拍拍我的面頰，老姊，妳還是快些出嫁吧，妳眼角的紋路都要出來了。

旁人怎會想到我的婚期與他的死期掛鉤？我想起《一千零一夜》。

我好像就是為了拖延，今天想要陽光、空氣、花和水的文青式婚禮，明天想換成吸血鬼驚情四百年，再來就是民國男女，執子之手與子偕老……我變得喜怒無常，五時花，六時變，偏偏麥可的脾氣出奇地好。他甚至跟我說笑，籌辦婚事而已，情緒起落之大，不知情的會以為妳有孕……

簡直是一記喪鐘。

37 Positive

Positive，網上字典的中譯是——用作形容詞的時候解作「正的、積極的、陽性的、確定的、肯定的、絕對的」，用作名詞則是「正數、正面、正片、原級」。它的相反詞是 negative，根本就是貶義詞。這 positive，真是，好到不得了。

字典沒有說明它出現在驗孕棒說明書上的解讀方法。一條線與兩條線的差別，就是 positive 與 negative，沒有之間。我們不是無論如何都要 positive 嗎？多少人花多少精力甚至金錢，就為了要讓自己和事情可以 positive 一點點。真諷刺，當這個字出現在驗孕棒說明書上，它的涵義卻是無比 negative。

我整個人進入當機的狀態，直至麥可在浴室門外高叫，譚可意妳再不出來我要破門了……我沒空搭理麥可，我要可樂。我迅速更衣外出，我只想可樂陪著我。從我十二歲第一次失戀開始，往後的日子裡，只要發生重要的事情，無論有多糟糕抑或偶爾的喜事，可樂總會在我的身旁。

我到了可樂住的地方，距離他最早在西環租住的房子其實不遠，更接近學校。可是他卻退學了。他搬進這房子快兩年，我只來過兩、三次，都是幫他運送東西，不曾在這房子裡當過客人，完全不知道他在這房子裡經歷的感情起伏。這房子比他之前住的新淨，但小，三百多呎，擠著他和兩個室友。我訝異那位要可樂幫忙借錢結婚的室友仍在，他搔著本來就很淩亂的頭髮，說，我所有朋友、家人都不喜歡那個女孩，沒有人贊成我們的婚事，最後我想還是取消算了。那錢呢？有一些項目要先付錢，像酒席、旅行、拍照和婚禮籌劃，還有買給她的鑽石戒指，都追不回來了，其實我現在有點後悔，覺得不應該理會家人和朋友，是我要跟她結婚嘛……

可樂怎麼能夠忍受這種朋友？我沒再搭理他，但在我的想像裡，正以左輪槍管戳著他的太陽穴，叫不住向我求饒的他為可樂的病情負責……

被我們吵醒的室友從睡房走出來，睡眼惺忪告訴我，可樂這個時候應該就是在海邊散步。散步？對呀，就是沿著海邊來來回回地走。每晚？這個時候？對。

我開門離去，準備回房裡再睡的室友叫住我，說，提醒可樂早上回來時記得給我帶鮮奶和出爐菠蘿包。

可樂晚晚在海邊散步到天亮，而他的室友若無其事，只是叫他幫忙帶早餐⋯⋯

我下樓拐彎朝海邊直走，很容易就認出了遠處的可樂。他一個人，步履急促，這怎麼可能是散步？他是在趕路，像時間快到了來不及似的往長路盡頭奔走而去。及至終於到了無路可再前行的地方，他陡地轉身，朝著來路，仍以相同步速趕逐疾速前行。

我在馬路對面，遠遠看著，可樂來來回回；他沒哭鬧沒大聲罵人，只是看上去像個趕路的人，重複往返，來來回回。

當我以為準備好了，可以上前叫他，我的眼淚又不受控地流下，於是我只得退回馬路對面去，讓自己平復下來。如此上前退下，來來回回，從凌晨兩、三點到四點多鐘。很快就要天亮了，我終於走過去，停在可樂身旁。

可樂乍見我，先是一怔，然後很快的，他回復鎮定，呼吸也沒喘一下，朝我燦然一笑，說，妳來了？

——可樂，你費了多大的心力，才能如此輕易掩飾一切、喬裝正常？

我一下一下拍著可樂的背，很難受是嗎？

他說，大部分時間像給丟進黑洞裡，一直往下掉。開始的時候會很害怕，不知道接下來會怎樣，就是一直往下掉，沒終點似的。我只能躲著人群，往沒人的地方鑽。後來就覺得那掉落的過程也沒什麼好怕，它一直往下掉我一直往前走就是。大概這樣子走四、五個小時，偶然會看見黑洞的盡頭，像有微弱的光，就會覺得穿過去就什麼都可以解決了。但大部分日子，我什麼都沒看見，一直掉落的過程讓我無比暈眩，我只能回去躺在床上等待噁心的感覺消失。

我明白可樂想這一切結束的心情。

可樂的反應很大，他是激動得幾乎想要抽我耳光的樣子。他說，拜託，妳什麼都可以說，妳甚至可以說我逃避和懦弱，但請不要跟我說妳明白我，就連情緒病患者都無法彼此了解。這豈是感情用事就能替換當中的沉重？妳愛我不等於妳明白我，請不要輕言妳明白，妳陪著我就好。

我默然。

遠方的天際露出了一抹黯淡的灰白，我和可樂坐在沒裝設圍欄的海邊。我想，這些日子以來他沒跳下去，大概也不會選我在他身邊的時刻跳下去……然後我張口說出來的是，你要是跳下去我跟你一塊跳下去。說完都要怪自己怎麼總是在說笨對白。可樂哈哈大笑。

我補了一句，要是我跟你跳了，那就是兩屍三命。可樂靜下來。

我猜不透可樂的反應，不敢輕舉妄動。

可樂說，譚可意，妳真自私，妳一直都是自私鬼。

我說，一切都遺傳給你，我有的，你都有，只除了這自私。對，我就是自私，我非要你陪著我不可。我太清楚了，我一定會有產後抑鬱，你一定要陪著我，直至我捱過那些可怕的日子……

可樂嘆一口氣，是的，沒人會比我更懂得照顧妳。

可樂指著遠方天際，說，你看，這是新的一天耶，拜託妳有點新意，別再抄襲從前解決事情的方法好不好？

天大亮，只要走過一條馬路，就可以聞到剛出爐麵包的香氣，那幾乎能讓人錯覺，厭世的想法從未存在。

可樂和我坐在供應新鮮菠蘿包的茶餐廳裡吃早餐。我吃通粉，可樂吃麥皮，那氛圍就像吃完了我們就會去上學，接著很快可以學到解決所有問題的方法……

然後可樂開始放聲痛哭。

38 Negative

不是說新鮮出爐的麵包能撫慰人心嗎？不是說健康的麥皮能鎮定靈魂嗎？可樂不是疾走了五個小時以消解暗黑的能量嗎？他不是已經意識到這是新的一天嗎？可是，為什麼，忽然之間，他就無從抑止放聲痛哭？

我反應不來，束手無策。我投降。我承認我不懂處理。我唯一知道的，就是不能躲開，於是，靜靜待著。

鄰近兩、三桌的食客大動作地從我和可樂身邊移開，夥計用厭惡的眼光打量我和可樂。我扶住可樂，他幾乎整個人倒在我身上，我沒拍他的背，也沒遞給他手帕或紙巾，就由得他哭。我靜靜吃完還剩下幾口的通粉，呷著要是繼續懷孕的話就得戒掉的奶茶，以一種「這裡發生的事情正常不過」的姿態，去招架陌生人無聲的非議與評斷。

——剛開始的時候，度秒如年，難受得就像一切被壓鑄在一塊厚玻璃裡，地球停頓了一樣，彷彿眼前的情景是永遠都不會過去的了。不過，一旦開始了，「無論如何也要站在他那一邊」，還是可以走過去的；艱難是應該的，時間會過去，縱使在淤泥中前行，也終究可以到達彼岸。

可樂嗚嗚地哭了大概二十分鐘，漸漸抽噎著平靜下來。我向夥計要了一大杯暖開水，可樂咕通咕通一口氣喝光。我問他，好些了吧？可樂取出手帕抹了一把臉，答，好些了。然後沒事一樣到店門外的麵包售賣處去買菠蘿包給室友，他吩咐店員，給我昨天賣剩的就好，別浪費食物。他聳聳肩對我說，反正他味蕾退化，又老是不還我早餐費。

他還會腹黑，他仍有幽默感，但我知道，他隨時會像剛才一樣放聲大哭，隨時決定一走了之……

我陪他走回家，路上都是還沒睡醒的上班族與學生，我和可樂有點溯流而上的況味。到了他家樓下，我想要說些什麼，張口卻哽咽。可樂拉著我走到後樓梯坐下，說，妳其實沒我說的那麼愛抄襲，妳解決問題的方法還是很有創意的，連我剛才那樣子放聲大哭都不怕，也就沒有什麼能把妳嚇倒了，妳比我知道的要勇敢很多，看來妳要當母親還是可以的。

清潔阿姨剛好從樓上清掃完走下來，被我和可樂嚇了一跳，面色就有點難看。可樂將手上的凍鮮奶遞給她，說就是知道她這個時間開工，專程來送早餐，答謝她把大廈每個樓層都打掃得很乾淨。哄得阿姨眉開眼笑。阿姨走遠，我對可樂說，你很會哄人。

可樂說，開始的時候，我只是在想，都無所謂了，反正我都要撐不下去了，就不要那麼計較好不好？無論如何，讓仍然在拚搏的人日子好過一點吧，這才是最起碼的道義與責任。妳看街上的人，都是繃著一張臉，對，這是香港嘛，但是，就像剛才的阿姨，其實她還是會朝人咧嘴笑的。我沒一套哄人的功夫，我只是想辦法讓繃著一張臉的人蹦出笑容來。說我會哄人，不如說我喜歡惡作劇。我想，都已經到了這樣的地步，就像卡繆在《異鄉人》的結語所說的——「敞開心胸，欣然接受這世界溫柔的冷漠。」——就算我敗陣，我還是想要嗤笑一下，所謂現實，所謂命運。

我記得，是我要可樂看《異鄉人》的，那時候我對他說，會讓你在感覺不被理解的時候好過一點……我被深深觸動。可是，卻開口說了一句既沒意思又不搭調的話——所以你剛才說我勇敢只是為了要惡作劇？

可樂瞪我，譚可意妳為什麼非要裝著沒把話聽進心裡？

我愣住。可樂說得對極，我是在什麼時候開始，在美好的事物跟前，會渾身不自在，以致設法逃避情感的交流？是的，我不懂應對，我不知道該如何領受別人的共鳴和善意。幸福和希望，還有良善，不知如何都成了淺薄而老土，就是活該要抵受挖苦與訕笑。我如何成為了傲慢的人而不自覺？被感動就是示弱，寧無動於衷，也要睥睨一切，鎮定自若。我不經意地成為扭曲心意的人。

可樂說，譚可意，就算妳憎厭我我都要對妳說清楚，妳都快要當媽媽了，拜託妳真的不可以再這樣，事情不會笑鬧一下就過去，社會上的事情是這樣，發生在我們身上的事情也一樣，都需要我們認真看待。難道我還會不清楚這有多累嗎？但如果連我這樣一個隨時掉進黑洞裡的人，我是過一天是一天，也在拚著命認真過活，你難道就不能大方、磊落地表達你自己？是就說是，不是就說不是，好不好？

我慚愧起來。

我忽然想起，很多很多年前，已經忘了是教我踩滑板的阿樹，還是開咖啡店的阿森，帶著我和可樂，去了塔門放風箏。那是很美的地方，美得只能存於記憶中。一次又一次，可樂將抓在手上的風箏線放走，他心目中的放風箏遊戲，就是要讓風箏不被控制地自由飛翔。雖然可樂說我勇敢，可是我夠膽像可樂放風箏一樣把他放走嗎？還有麥可和所有我愛的人，包括我肚子裡的小生命，我可以放開手，讓他們忠誠地直面現實，以他們能有的力量和情感去活出真實的自己嗎？

生而為譚可意，此時此地此刻，在與你們經歷了這種種之後——不是我可不可以，是我必須如此。

我拿出手機，開啟電源，無數來自麥可的留言訊息彈出來。讓我感到他已經接近瘋狂狀態的一則訊息是，他說他發現了驗孕棒，問我躲著他是不是因為我出軌了而孩子不是他的……最後一則，他說，我去報警。

我接通了麥可的電話，在「喂」了一下之後，叫他什麼都先別管，好好聽我說。

我說，麥可，請原諒我，我跟你結婚的理由，第一順序並不是因為我愛你……

39 心上的人兒

「麥草可樂」，就是兩個房間加一個大廳，每次接了新的案子，就佔用一個房間；這提醒我們不能同一時間接多於兩個案子，無論我們多想賺錢，都不能高估自己的能力。我、阿草和麥可都沒有自己的辦公室。為我們製作木器家具的徐師傅，從將要拆卸的老房子裡搬來一道大木門，他將大木門打磨光滑，保留了門上美麗的紋飾，放平了，在下面加上支架，就是一張放在傢俬店裡動輒賣過萬元的長木桌。木門變身的長桌放在大廳正中，我們全都圍坐在桌邊工作。偶然推門進來一個陌生人，問是不是有提供咖啡，還是招呼他在桌邊坐下，他打開電腦一邊呷咖啡一邊工作，大家也沒有擠的感覺。

阿草告訴我，當她回到辦公室，乍看就是狐疑，世上居然有這麼巨大的碎紙機嗎？而且最離譜的是有人將「麥草可樂」整個放進去了。

我非常心痛那張長桌。

我代麥可向阿草道歉，我說，他不能殺了我，所以只能把一切變成碎片。

阿草當然是站在我這一邊的，但她也說了公道的話。她說，他並不是純粹的憤怒、生氣或是恨，他還沒到那一步，他是攪不明白這是怎麼一回事呀，在他的邏輯裡，事情真是荒謬到極點，為什麼你既懷著他的孩子卻要將婚事取消？他無法理解這是怎麼一回事，他就是不明白。有時候，莫名其妙說不出理由的狀況會更讓人抓狂——阿草頓一頓——就像沙中線那些沒接在一起的鋼筋，你明白了吧？叫人不知該拿你怎辦的狀態，於是只能拿不相干的東西來發洩。

我不是拒絕溝通的高官，我該如何讓麥可明白我？阿草言簡意賅，不要只說結論和決定，把事情的緣由說清楚。

我心虛得不得了，先去找了媽媽。

我和媽媽坐在從前爸爸很愛來吃下午茶的酒店大堂。鄰桌全是操普通話的，聲音嘹亮，本該壓低聲量去談的事情，反而要把聲線提高了，才確定媽媽能聽得清楚。於是，我以高亢的聲調，告訴媽媽我懷孕了，同時決定取消和麥可的婚事。

媽媽忽然轉身跟鄰桌的三位大叔很有禮貌的說，不好意思，你們的聲量可以放小一點嗎？我女兒在跟我談她的人生大事耶。我嚇了一大跳，三位大叔也愣住。最有趣的是，媽媽不是跟他們說普通話，她說的是廣東話，而他們居然好像聽得明白，維維諾諾地點頭。

侍應都認得媽媽，飛奔過來對媽媽說，譚太太，需要給你換個座位嗎？鄰桌大叔的聲量已降下去。媽媽客氣對侍應說，現在還可以，不用了。

媽媽回過頭來，舒一口氣跟我說，所以，世界已經不一樣了，原本行不通的，就換過方法來處理吧，最重要的是，要攪清楚自己相信的是什麼、有些什麼是無論如何也不願意放棄。

我瞅著聲線降低了的大叔，有些感慨，說，可見還是能夠文明一點的……媽媽瞪我，惡女眼神，她訓我，妳都要當媽媽了，拜託別那麼笨那麼容易受騙看事情就不要那麼淺薄了好不好？

我問，我也會像妳一樣成為沒有愛心和殘忍的媽媽嗎？

媽媽哈哈大笑，會，一定會。如果時光可以倒流，我會毫不猶疑在餵飽了妳而妳仍放聲大哭的時候，將妳丟進垃圾桶……妳知道嗎？妳爸爸不止一次從我的魔掌中拯救了妳。所以，找一個愛孩子的男人——嗯，男人女人其實都沒所謂啦——最重要是願意和妳一起撫養孩子的人，那能減去很多妳獨自承受不來的壓力。然後她眨巴著眼睛機靈地說，我也可以呀，考慮一下。說完自己咕咕地笑。

我蹭她的腳跟，說，妳露出尾巴啦，妳幾時愛上過嬰孩？妳抱過可樂幾次我都能數得出來耶……

媽媽沉默。那時候並不明白，她是產後抑鬱。我伸手輕輕掃她的背。

媽媽拉住我的手，說，只有一件事情是肯定的，就是有很多很多的疼痛在等著妳。不是抽象的痛苦，是能測量有級別的疼痛，不是說生孩子是十度的痛嗎？真的很多很多，不同時刻，各式各樣，粗暴地襲擊妳的身心靈。她停了半晌，彷彿自說自話般又繼續往下說，其實，人長大了，就有疼痛在等著，各式各樣的，折磨妳，或，錘鍊妳……

我忽然好想將可樂的事情告訴媽媽。我說得很吞吐，媽媽打斷我，說，妳的意思是可樂患了抑鬱症對不對？我點頭。媽媽直截了當，所以他想過自殺？啊，對，媽媽是過來人。

我說到可樂想找一個不讓大家難過的方法離開，媽媽就開始掉眼淚。我有些慌張，說，我把可樂找來，妳跟他說，妳都走過來了，他會聽妳的……

媽媽阻止了我，很堅決。她說，不，他能從黑洞裡爬出來，他掉進黑洞一去不返，我都這麼愛他，我不會抱怨。他從此宇宙漫遊，再不復返，我也不會拉著他，這是他的選擇。

媽媽和可樂都不約而同的，提到了「黑洞」。她是過來人，她不是應該給他忠告和指示嗎？

媽媽說，他的難過，我都知，但承受的就只有他自己一人；這種孤單，無人可救贖。或許信仰真的能拯救，我不知道。這是命運為他打開的門，這道門只能他自己一個穿過，其他人怎麼匍匐潛行都進不去。我不會失去他，他永遠在我心上。你爸爸教會我的，「我不能夠給誰奪走僅有的春光 我不能夠讓誰吹熄胸中的太陽」，他愛我的方法，就是無論我打算用什麼方法解決我的痛苦，離開或是消失，我都知道他會好好的照顧妳和可樂。有一天妳要是告訴我，可樂消失了——我想像一下都會心如刀割，已經想放聲痛哭——但我要明白這不是可樂的本意，我一定要相信他用盡氣力抵抗到最後一分鐘，我才能將那已然消逝的、最好的部分，存留在我裡面，成為我的一部分。

——就像可樂的風箏。

40 永遠的微笑

1. 我回到家裡，麥可不在，我翻找爸爸的舊物。周璇《永遠的微笑》。我以為我都把他的黑膠唱片收得好好的，事實卻是經不起兩、三次搬到更小的房子去，早就散失。

我從來沒思量過，這首在上世紀四十年代初面世的時代曲，對爸爸有何意義。我卻是從少就聽慣，是以媽媽才哼兩句我就認出來。其實這是屬於爺爺那一代人的聲音，歌曲面世的時候，抗戰仍未結束，爺爺告訴我的。爺爺說，你聽，她的聲音，那麼獨特，好像很脆弱，卻是高亢的，你不能不相信她堅定的盼望。爺爺也曾經對爸爸說過這樣的話吧？爸爸的黑膠碟全都是「披頭四」，只除了一張《永遠的微笑》。周璇唱的〈永遠的微笑〉是我童年回憶的一部分，「心上的人兒 有笑的臉龐 他曾在深秋 給我春光……」，多少個午後，我在這遠邈的歌聲中入眠……

我重新想像爸爸。在爸爸的童年歲月，也曾多少遍迴蕩著「心上的人兒 你不要悲傷 願你的笑容 永遠那樣」？是以當他必須要尋索寧謐與安慰時，他就播〈永遠的微笑〉？

此刻我只想再聽一遍，上網不難找到。我將手機置於擴音器上，選擇了循環播放模式。我彷彿又回到少年期那些孤單、沮喪的日子，就是躺在冰涼的地板上，任由時光不動聲息流走。周璇的歌聲像波浪般包覆著我，爺爺說的，那麼脆弱，卻又那麼堅定地充滿盼望。

——「他能在黑夜 給我太陽」

爺爺給爸爸的，爸爸給我。在我仍未知道那是什麼的時候，猶如寶藏一般的祝福和力量，滋養了我的靈魂……

2.

我醒過來的時候，四周一片漆黑，寂靜，連遠邈的歌聲也沒有。像潛入深海的夢。有人躺在我身後，抱緊了我。那是麥可。我吃一驚，清醒過來，但睡在地板太久讓我四肢僵硬，我一動麥可就按住了我。他的手伸上來就可以扼死我，真是再也沒有比這更合情合理的事情了。我心甘情願，只是不希望麥可因為我的緣故惹上麻煩。我要掙開，麥可更大力按住了我。

他在我耳邊小聲的說，你別動，聽我把話說清楚，好不好？

他良久沒說出一句話，我只聽到他在嘆氣。然後，他好像鼓起了很大的勇氣，說了一句，我們經歷了這許多⋯⋯。我靜靜等待，只聽到他哽咽。我的心軟下去。大概麥可察覺到我的身子沒再緊繃著，他也放鬆了，慢慢說出想說的話——這些年來，我們一起說過很多話；輕鬆的話，嚴肅的話；牢騷、理想、祕密、誓言；無法向別人說清楚的，我都能夠跟你說，譚可意，妳是我最好的朋友⋯⋯

「妳是我最好的朋友」——這是我經歷過的男女關係中，所能得到最大的讚美。

我想轉過身來跟麥可面對面，可是他仍抱緊我，不讓我動。我知道他是要我好好聽他說。他說，或許妳不夠我精明，有時候我甚至會嫌妳笨，但妳比我善良，也比我坦率。我無法想像，如果妳不在我身邊，我會成為怎樣的人，逃避責任是必然的，大概會成為惡毒的人。

——我一無所有，唯有坦率。

麥可說，你很早之前已經跟我說過，世界大戰已經結束了很久很久，可是戰爭卻是換了模式與形狀，無日無之[17]在我們處身的時代裡爆發著。每個角落都有各種的戰役，我們未必親眼看見槍炮，卻清楚生命與靈魂正被奪去，或，成為奴役。

我說過這樣的話嗎……？啊，對，當我們躺在馬路上，與身邊的陌生人一起抬頭仰望遠方的月亮與星星，想像城市的未來……我們的作息已被擊潰，遊行與抗爭成為我們新的日常，不錯這就是亂世，但是，麥可，你想要說什麼？

譚可意，我生氣到想要把妳丟到街上去，妳做的決定竟然只考量可樂的需要，我無法接受我在妳心裡的排序，我真的應該跟妳分開。但是，當我幾乎把「麥草可樂」徒手拆掉，回來看見妳聽著老歌躺在冰涼的地板上熟睡，我很快就有了結論……

3. 第二天，我將麥可的話複述給阿草聽——『我很快就有了結論，妳我都會為今天的事情後悔，或者不是今天，或者不是明天，不過很快而且會後悔一輩子。清高我不在行，不過要明白也不難。未來我或許還是會跟妳分開，也可能做出傷透妳心的事情，但在這樣的亂世裡，我們兩個小人物，就不要太計較了，好不好？』再說一遍，仍是會讓我動容，熱淚盈眶那一種。可樂在旁邊，他的反應超讓我不爽。可樂不耐煩，說，我連那番話的出處都知道，妳叫我如何能被感動？

我和阿草傻眼。

可樂說，麥可來我家睡了幾天，開始的時候是想揍我的樣子，後來就像所有念中二失戀的男孩一樣。不吃東西也不睡覺，超煩，於是我開始放老電影，從《齊瓦哥醫生》到《北非諜影》，然後他開始哭和吃薯片，漸漸就回復正常。

啊，《北非諜影》，亨佛萊・鮑嘉在停機坪上跟英格麗・褒曼說的，你我都會為今

---

17 無日無之，一直如此，指某種醜惡的現象無時無刻不存在，多用於貶義。

天的事情後悔，或者不是今天，或者不是明天，不過很快而且會後悔一輩子……

謝謝那些教會我看電影的男孩，然後我也讓可樂成為愛電影的男孩。

我回過神來，阿草看著我，想知道我的反應。我聳聳肩，為什麼一定要新奇、意想不到的說法？心意與立場不是比怎樣說說什麼更重要嗎？在這樣的亂世之中，我們這些小人物就不要太計較了。

又過了一段日子，我的肚子開始隆起來。麥可為我買回來二手的《永遠的微笑》黑膠唱片，他沒嫌貴，我是感動的。可樂提出要跟朋友去外地參加馬拉松的訓練營，我皺了一下眉，很快藏起表情，但可樂還是看到了。可樂說，我答應妳，每天給妳發一通訊息，但妳也要答應我……什麼？不要每天都跟我說「今天怎樣？」。為什麼不可以？因為，每天都是關鍵。

可樂說，每天都是關鍵。

每天都是關鍵？

是的，過得去，過不去，每天都是，關鍵。

好，譚可樂，我的弟弟，既然每天都是關鍵，你就坦率而活吧。

——全篇完——

弟弟

作　　者 —— 陳慧

副 社 長 —— 陳瀅如
總 編 輯 —— 戴偉傑
主　　編 —— 何冠龍
行　　銷 —— 陳雅雯、趙鴻祐
封面設計 —— 任宥騰
內頁排版 —— 簡單瑛設
印　　刷 —— 呈靖彩藝

出　　版 —— 木馬文化事業股份有限公司
發　　行 —— 遠足文化事業股份有限公司（讀書共和國出版集團）
地　　址 —— 231 新北市新店區民權路 108-4 號 8 樓
電　　話 —— (02)2218-1417
傳　　真 —— (02)8667-1891
客服信箱 —— service@bookrep.com.tw
郵撥帳號 —— 19588272 木馬文化事業股份有限公司
客服專線 —— 0800-221-029
法律顧問 —— 華洋法律事務所　蘇文生律師

定　　價 —— 360 元
初版九刷 —— 2024 年 2 月
I S B N —— 978-626-314-284-8 (紙本)
I S B N —— 978-626-314-350-0 (PDF)
I S B N —— 978-626-314-349-4(EPUB)

Printed in Taiwan

國家圖書館出版品預行編目 (CIP) 資料

弟弟 / 陳慧著 . -- 初版 . -- 新北市 : 木馬文化事業股份有限公司出版 : 遠足文化事業股份有限公司發行 , 2022.12
272 面 ;14.8×21 公分

ISBN 978-626-314-284-8 (平裝)

857.7　　111014849